Ewald August König

# Durch Kampf zum Frieden

Vierter Band

Ewald August König

**Durch Kampf zum Frieden**
*Vierter Band*

ISBN/EAN: 9783744610636

Hergestellt in Europa, USA, Kanada, Australien, Japan

Cover: Foto ©Andreas Hilbeck / pixelio.de

Weitere Bücher finden Sie auf **www.hansebooks.com**

# Durch Kampf zum Frieden.

Vierter Band.

# Durch Kampf zum Frieden.

Preisgekrönter Roman

von

# Ewald August König.

Vierter Band.

Jena,

Hermann Costenoble.

1871.

# Inhaltsverzeichniß.

# 1.

## Amboß oder Hammer!

———

In derselben Stunde, als in dem Häuschen der Mutter Lenz Pollmann mit dem Rothen zusammenkam, hatte im Englischen Hofe eine Gesellschaft sich versammelt, bestehend aus Fräulein Eleonore Warnstein, Doctor Lindenschmitt und — dem langen Schreiber Werner Bank's. Fräulein Warnstein saß in reizender Morgentoilette auf dem Divan; der Doctor hatte sich behaglich in einem Lehnstuhle zurückgelegt und rauchte die unvermeidliche Cigarre. Der Schreiber, welcher nicht, wie Feodor Lindenschmitt, an so feine Gesellschaft gewöhnt war, hatte sich bescheiden auf einem gewöhnlichen Sessel niedergelassen, dessen äußerste Ecke seinem Sitzbedürfniß zu genügen schien, während sein fuchsiger, aber bei dieser

Gelegenheit wohlgebürsteter Hut an der Seite auf dem Teppich Platz fand. Der alte Jakob stellte soeben die zweite Flasche auf den Tisch, und die leicht gerötheten Gesichter der beiden Herren zeugten davon, daß sie der ersten wacker zugesprochen hatten, während Eleonore nur von Zeit zu Zeit an dem vor ihr stehenden Glase zur Ermunterung ihrer Besucher nippte.

In der letzten Zeit war in dem Verhältniß zwischen Werner Bank und seinem Schreiber ein Umschwung eingetreten, welcher theils in dem veränderten Wesen und den abnehmenden Kräf= ten des Wucherers, theils in der größeren Ver= achtung ihren Grund fand, die in der Seele Bauer's durch die Handlungen seines Principals immer neu genährt wurde. Der Schreiber hatte sich in letzterer Zeit auch dem Kreise Tante Villa's näher angeschlossen, in dem er einen großen Theil seiner freien Zeit verlebte und durch seinen trockenen Humor oft nicht wenig zur Unterhaltung beitrug. Freilich durfte der Alte von diesen Besuchen nichts wissen, das würde ihn seine Stellung gekostet haben, die er immer noch nicht entbehren konnte; aber der Doctor er= reichte dadurch, was er lange vergebens angestrebt hatte: den Schreiber für den an Eleonore be=

gangenen Betrug und die verlorenen Coupons
zu interessiren. Der Beistand Bauer's war seine
einzige Hoffnung für eine wichtige Entdeckung
in dieser Richtung, und zu diesem Zwecke war
die Gesellschaft jetzt im Englischen Hofe ver=
sammelt.

„Sie wissen, oder ich möchte Sie wenigstens
davon überzeugen," sagte der Schreiber zögernd,
„daß es mir schwer wird, für meine Thätigkeit
in Ihrer gerechten Sache gewisse Ansprüche er=
heben zu müssen, von denen ich den Herrn
Doctor bereits in Kenntniß gesetzt habe. Aber
meine Stellung bei Bank, so unbefriedigend sie
sonst ist —"

„Sprechen wir davon jetzt nicht," unterbrach
ihn Eleonore, „halten wir uns an die Sache.
Sie werden unter allen Umständen gegen jeden
möglichen Verlust gesichert werden, mögen wir
nun Erfolg haben, oder nicht. Es handelt sich
darum, einen Schurken zu entlarven, die Ge=
sellschaft von einem Subjecte zu befreien, das
leider nur zu lange ungestraft sein verbrecherisches
Wesen getrieben hat."

„Unsere Nachforschungen," warf der Doctor
ein, „sind trotz des Heidengeldes, welches sie
kosteten, bis jetzt gänzlich erfolglos gewesen.

1*

Die Papiere können nur in seinem Geldschranke sein, wir müssen ben Löwen in seiner eigenen Höhle aufsuchen. Seitbem der Proceß gegen ben alten schlauen Fuchs anhängig gemacht wurde, ist kein Coupon mehr in Umlauf gekommen, unb bie früheren wurden auf so weiten Umwegen versilbert, daß sich die Spur schlechterbings nicht auf bie richtige Abresse zurückführen läßt."

„Könnte man keine Haussuchung veranlassen?" fragte Eleonore.

„Nicht ohne genügenben Grunb," erwiberte Lindenschmitt, „sonst würde ich eine solche längst veranlaßt haben. Können Sie benn gar nicht einmal Ihre viereckige Nase in den Schrank stecken, Bauer, um uns einige Anhaltspunkte zu geben? Sie sinb gar zu zart in Ihren Ge= fühlen; es hanbelt sich um eine gute Sache, unb ba muß mitunter ber alte Grunbsatz herhalten, nach bem ber Zweck bie Mittel heiligt."

„Gott ist mein Zeuge," sagte ber Schreiber mit Wärme, wozu wohl ber ungewohnte Genuß bes feurigen Weins bas Seinige beigetragen ha= ben mochte, „ich würbe kein Mittel scheuen, ben Verbrecher zu entlarven; aber er wirb alle Tage mißtrauischer unb ängstlicher, beobachtet jebe meiner Bewegungen mit Luchsaugen unb läßt

sich nie in einem unbewachten Augenblick er=
tappen. Ein mißlungener Versuch würde mich
meine Stelle kosten und in Folge dessen meine
Thätigkeit in Ihrem Interesse vollständig läh=
men."

„So sehr ich sonst auch gegen meine Feinde
darauf bedacht bin, nur mit ehrlichen Waffen zu
kämpfen," fuhr Eleonore fort, „so scheint mir
doch in unserm Falle der Grundsatz, welchen der
Doctor eben anführte, gerechtfertigt zu sein. Es
handelt sich nur darum, Verdachtgründe zur
Einleitung einer Haussuchung zu finden; hierzu
ist ein Einblick in die Papiere Bank's nothwendig.
Wie wäre es, wenn Sie sich einen Wachsabbruck
des Schlüssels zu verschaffen suchten? Wir wür=
den dann in London oder New=York einen an=
dern danach anfertigen lassen."

„Es geht nicht," antwortete Bauer kopf=
schüttelnd, indem er bedächtig sein Glas leerte,
„auf diese Weise nicht; denn er läßt die Schlüssel
nicht aus der Hand."

„Sie sind und bleiben ein Feigling, Bauer,"
rief Lindenschmitt, der schon früher bedenkliche
Zeichen der Unruhe von sich gegeben hatte und
nunmehr in die Höhe sprang. „Wer nicht wagt,
der gewinnt nicht; nichts geben die Götter den

Sterblichen ohne schwere Arbeit. Wenn wir warten und warten wollen, bis uns die gebratenen Tauben in den Mund fliegen, so werden wir, wie weiland Ritter Toggenburg, eines schönen Tages als Leiche dasitzen, während der Alte sich in's Fäustchen lacht. Etwas muß geschehen, und zwar bald! Legen Sie alle anderen Rücksichten bei Seite und bedenken Sie, welche angenehme Zukunft Ihnen im Vergleich mit Ihrer jetzigen unwürdigen Stellung blüht. Mann, von des Gedankens Blässe angekränkelt, raffen Sie sich auf, zeigen Sie uns, daß auch Sie in Arkadien geboren sind, und liefern Sie uns diesen Schurken an's Messer. Grau, theurer Freund, ist alle Theorie und grün des Lebens goldner Baum! Da speculiren Sie herum und bedenken nicht, daß ein Kerl, der speculirt, ist, wie ein Thier auf dürrer Haide, von einem bösen Geist im Kreis herumgeführt! Ermannen Sie sich, Sie haben mir bis jetzt Manches versprochen, die Botschaft hör' ich wohl, allein mir fehlt der Glaube!''

Eleonore betrachtete lächelnd den kleinen Herrn, dessen Aeuglein in Zornesgluth blitzten, während er mit den Aermchen einen erbitterten Kampf mit unsichtbaren Gestalten ausfocht.

„Mit Ihren Citaten ist eben so wenig ge=
schafft," unterbrach Bauer den Eifrigen, als ihm
eine kurze Pause dazu Gelegenheit bot. „Lassen
Sie mich nur machen, Sie werden schließlich mit
mir zufrieden sein. Der Abbruck des Schlüssels
wäre freilich das Einfachste, scheint mir aber bis
jetzt unmöglich. Ich habe indeß Manches be=
obachtet, was mir Anhaltspunkte von anderer
Seite giebt. Das Verhältniß zu Pollmann wird
in neuerer Zeit immer lockerer; die Beiden hassen
sich von ganzer Seele und möchten vor allen
Dingen einander los werden, wenn die gemein=
schaftlichen Gaunereien sie nicht zusammenhielten.
Bei dem Alten fordert die menschliche Natur auch
ihr Recht; ihn trifft der Fluch seines elenden
Lebens, und er sehnt sich nach Mittheilung, nach
Vertrauen. Schon oft war er auf dem Punkte,
mich in diese oder jene dunkle Stelle seiner so=
genannten Geschäftsverhältnisse einzuweihen; oft
nimmt er meinen Rath über eine fingirte An=
gelegenheit in Anspruch, und auch auf das Ver=
hältniß zu Ihnen, Fräulein Warnstein, hat er
schon mehr als einmal angespielt. — Der sicherste
Weg, zum Ziele zu gelangen, scheint mir, daß
ich mich in jeder Beziehung bemühe, dies Be=
dürfniß zu steigern. Ich muß mich dabei von

den Umständen leiten lassen; aber seien Sie versichert, daß ich Alles aufbieten werde, den Gauner zu entlarven. Gegen Leute von seinem Schlage sind alle Waffen erlaubt; sie haben mit der Achtung auch das Anrecht auf unser Mitleid verloren und müssen in ihren eigenen Netzen gefangen werden."

Der Doctor machte zwar Einwendungen, und wollte durchaus, was eigentlich seiner Stellung als Advocat und Rechtsgelehrter nicht entsprach, ein schnelleres Verfahren eingeschlagen wissen; aber er wußte nichts Besseres anzugeben, und man kam daher überein, dem Schreiber Alles zu überlassen, zumal Eleonore den ruhigeren Rathschlägen desselben beistimmte.

Die Bureaustunde war gekommen, Bauer entfernte sich, die Versicherungen Eleonore's, an denen Niemand Zweifel zu hegen wagte, der ihr einmal in die tiefen, klaren Augen und das edle, in jedem Zuge Wahrheit athmende Gesicht gesehen hatte, ließen ihm die Zukunft im rosigsten Licht erscheinen. Eine verknöcherte Schreiberexistenz, die ihm kaum die Mittel für die nothwendigsten Lebensbedürfnisse gewährte, und dazu den moralischen Schmutz, mit welchem seine Stellung umgeben war, sollte er umtauschen ge-

gen ein behäbiges Leben, ohne Nahrungssorgen
und Kümmernisse, ohne ängstliches Berechnen
des Kleinsten und Unbedeutendsten, und vor allen
Dingen gegen ein Leben gesunder Thätigkeit und
unbedingter Selbstachtung, mit der er, so lange
er im Bureau des Wucherers arbeitete, fort=
während im Streit gelegen hatte. Nicht, als ob
auch er das Gute nicht um seiner selbst willen
hätte thun können, aber wir Menschen handeln
Alle aus Gründen der Selbstsucht, und wenn ein
warmer, unverhoffter Sonnenstrahl unser Stre=
ben beleuchtet, erquickt und fördert, so thun wir
auch das Gute und Edle lieber und besser, als
aus bloßer Ueberzeugungstreue.

Der Doctor hatte bald nach dem Schreiber
den Englischen Hof verlassen, um seine Wohnung
aufzusuchen, wo man, wie er wußte, mit dem
Mittagessen auf ihn wartete und auch Robert's
Angelegenheiten seine Aufmerksamkeit in Anspruch
nahmen.

Robert's Lage war trotz der wiedergewonnenen
Freiheit und der langersehnten Wiedervereinigung
mit Hermine nicht ohne Schattenseiten. Er hatte
geglaubt, im Besitz des höchsten Glückes alles
Andere vergessen, sein ganzes Denken und Stre=
ben der Zukunft widmen zu können; aber nach

dem Auftritt bei Werner Bank, bei welchem seine
Hülflosigkeit und die bodenlose Schlechtigkeit des
Alten ihm in ihrer ganzen Nacktheit vor die
Augen getreten waren, hatte sich seiner eine
Bitterkeit bemächtigt, welche von Tag zu Tag
schroffer hervortrat und sich selbst nicht durch die
Liebkosungen seiner Braut ganz verdrängen ließ.
Er hatte ihr zwar versprochen, seiner Rache zu
entsagen, die ja ihren eigenen Vater treffen
mußte; aber sollte er ruhig zusehen, wie man
ihm sein Erbtheil entriß, wie man Schimpf und
Schande auf das Gedächtniß seines so innig
verehrten Vaters zu häufen suchte? Und er selbst
sollte das Brandmal des Verbrechers, von dem
er sich, trotzdem er die Sträflingsjacke aus-
gezogen hatte, noch immer nicht befreit fühlte,
sein ganzes Leben hindurch tragen, ohne vor der
Welt gerechtfertigt dazustehen? Durfte er der
Geliebten einen Namen entgegenbringen, auf
dem auch nur der Schein eines Makels haftete?
Das waren die Gedanken, welche ihn beschäftigten,
nachdem die ersten Tage der Freiheit und mit
ihnen der durch sie hervorgerufene Freudenrausch
hinter ihm lagen. Und wenn er alles Andere
hätte überwinden können, er konnte den nicht
ungestraft lassen, welcher sich an dem Heiligsten

vergriffen, seine Liebe zu erniedrigen gesucht
hatte.   ·

Eleonore Warnstein, welche ein lebhaftes In=
teresse an ihm nahm, und ihm sofort den Vor=
schlag gemacht hatte, nach Amerika auf ihre
Güter überzusiedeln, wohin sie ihm, sobald ihre
Geschäfte beendigt waren, mit Hermine nach=
kommen wollte, mußte ihm doch Recht geben,
wenn er sich gegen dieses Abhängigkeitsverhältniß
sträubte und seine Existenz nur seiner eigenen
Kraft und seinem guten Recht verdanken wollte.
Ihr hatte Robert auch sein Verhältniß zu dem
Wucherer und die schmähliche Behandlung be=
richtet, welche er neuerdings wieder von dem=
selben erfahren mußte, und sie achtete ihn um so
höher, daß sein Rechtsbewußtsein ihm keine Ruhe
ließ, bis er den Alten gezwungen haben würde,
ihm das Gestohlene herauszugeben. Hatte sie
doch selbst nun schon jahrelang einen kost=
spieligen Proceß geführt, bei dem sie im besten
Falle wenig mehr als die Genugthuung gewinnen
konnte, einen Schurken entlarvt zu haben.

Hermine durfte freilich von alledem nichts
wissen, aber mit banger Sorge sah sie manch=
mal Robert's trübe Stimmung, die freilich bald
verschwand unter dem wohlthuenden Einfluß

ihrer Nähe. Robert war kurz nach seiner Befreiung mit dem Rothen zusammengetroffen und
von diesem mit völliger Unbefangenheit als alter
Bekannter behandelt worden, wie er ihm dies
bereits im Zuchthause in Aussicht gestellt hatte.
Ihn schauderte, als er die Hand des Mannes
berührte, dessen Anblick ihm die furchtbaren
Eindrücke der schweren Zeit, die wie ein böser
Traum hinter ihm lag, wieder vergegenwärtigte
und ihm den Gegensatz zwischen dem feineren
Gefühlsleben, das er jetzt führen durfte, und
jenem rohen Vegetiren um so schroffer darstellte.
Wie oft mußte er an die Rechtsphilosophie des
Rothen zurückdenken, welche dieser in dem däm=
mernden Schlafsaale dem Kameraden fast täglich
entwickelt hatte! Und doch konnte er diese Hand
nicht zurückstoßen, welche ihm einst freundlich
geboten worden war, als er ihrer bedurfte; es
war die furchtbare Freimaurerschaft der Sträf=
lingsjacke, welche ihn nicht losließ.  Der Rothe
hatte ganz unbefangen seine früheren Anträge
erneuert und wollte jetzt, wie damals, kaum
daran glauben, daß Robert es nicht über sich
gewinnen konnte, das, was das Gesetz ihm ge=
raubt, auf dem Wege der Gewalt sich wieder
zu verschaffen. Robert mußte zwar sich selbst

sagen, daß seine Aussichten auf dem Wege des
Rechts nichts weniger als versprechend seien, aber
in Gemeinschaft mit diesem Menschen sich der
gesellschaftlichen Ordnung zu widersetzen, war
ein Gedanke, welcher ihn mit Entsetzen erfüllte,
obwohl er eine wilde Genugthuung bei der
Vorstellung empfand, den Alten persönlich für
Alles büßen zu lassen, was er an ihm und den
Seinigen verschuldet hatte.

Alles, was der Doctor in Robert's Interesse
bis jetzt hatte thun können, war, eine Revision
der Abrechnung zu beantragen; daß der Kläger
dabei als früherer notorischer Wüstling und jetzt
entlassener Sträfling nicht im vortheilhaftesten
Licht erschien, lag auf der Hand.

Robert hatte im Anfang sich einigen seiner
besseren Bekannten, welche so gut wie er wußten,
daß er das Opfer einer infamen Intrigue ge=
worden war, wieder genähert, aber sehr bald
bemerkt, daß man seine Stellung in der Gesell=
schaft nicht mehr als gleichberechtigt anerkannte,
und sich deshalb wieder zurückgezogen. Nicht, als
ob ihm an dem Urtheil oder dem Umgange der Leute
viel gelegen gewesen wäre; aber es wurmte ihn
doch, daß er sie nicht zwingen konnte, ihm die Ach=
tung zu erweisen, die er fordern zu dürfen glaubte.

Er war Sänger und den übrigen Subjecten, denen er sein Unglück verdankte, auf der Straße begegnet; sie hatten ihn angestiert, wie einen völlig Fremden. Er würde sich unter keinen Verhältnissen ihnen wieder genähert haben, aber es ärgerte ihn doch, daß man ihm das zu bieten wagte. Er hatte sogar, ohne den Seinigen etwas davon zu sagen, Beschäftigung gesucht; aber es war, als ob er die Seite des Hauptbuches, auf welche der Inspector des Zuchthauses seinen Namen geschrieben hatte, auf der Stirne trage, überall trat ihm die „polizeiliche Aufsicht" in den Weg. Kein Wunder, wenn er sich gegen die Welt verhärtete und alle weicheren und edle= ren Empfindungen nur in dem kleinen Kreise seiner Freunde zeigte. Lindenschmitt sah nur zu wohl, welche Kämpfe der Freund durchzumachen hatte, er that sein Mögliches, ihn den trüben Ge= danken zu entreißen. Gar oft saßen die Bei= den, wenn die weiblichen Mitglieder des Haus= halts längst zu Bett gegangen waren, in ihrer behaglichen Stube vor der jetzt auf silbernem Fuße prangenden Golgatha=Schale, bliesen mäch= tige Rauchwolken vor sich hin und malten sich die Zukunft aus. Lindenschmitt war unermüdlich in seinen Plänen und bediente sich zum Aus=

malen seiner Bilder einer unerhörten Farben=
pracht. Auch Robert konnte sich auf Augenblicke
in diese schönen Aussichten versenken und das
Leben in der neuen Welt in den lichtesten Farben
auffassen; aber der Schmerz des Stachels in
seinem Innern ließ sich nur auf kurze Zeit be=
täuben, um am nächsten Morgen mit desto grö=
ßerer Heftigkeit wiederzukehren.

## 2.
### Die Abrechnung beginnt.

————

Es mochte eine Woche seit der Episode ver=
gangen sein, welche sich im Häuschen der Mutter
Lenz zwischen dem Rothen und Pollmann abge=
spielt hatte, als Letzterer, der meistens nur noch
am Abend ausging, aus der einsamen Schenke
heimkehrte, welche er neuerdings zu besuchen
pflegte. Wenn er auch in seinem Aeußern
den Lebemann zur Schau trug und, Dank der
vom Wucherer erpreßten Banknoten, seinen ver=
feinerten Lebensgewohnheiten bis zu einem ge=
wissen Grade wieder huldigen konnte, so nahm
er doch nicht mehr Theil an dem ausschweifenden
Treiben der Jüngeren, unter denen er früher
die Hauptrolle gespielt hatte. Er hatte ein etwas
abgelegenes, weniger besuchtes Weinhaus zum

Hauptquartier gewählt, wo er neben gutem Ge-
tränk vollständiges Incognito fand. Hier pflegte
er des Abends einige Stunden mit dem Stubium
der Zeitungen zu verbringen, ohne daß er mit
irgend Jemandem ein anderes Wort, als die
gewöhnlichen Begrüßungen wechselte. Er trank
mehr als Andere und war deshalb dem Wirth
ein gern gesehener Gast, der sich weiter nicht
um seine etwas abstoßenden und hochmüthigen
Manieren kümmerte.

Auch diesmal hatte er seine zwei Flaschen
schweren Rüdesheimers zu sich genommen, ohne
sich besonders aufgeregt zu fühlen; er war in
seinem langen, wüsten Leben so sehr an die
geistigen Getränke gewöhnt, daß es einer größeren Quantität beburfte, ihn aus dem Gleich-
gewicht zu bringen.

Er ging mit gesenktem Kopfe und schien in
Nachbenken versunken zu sein; wenigstens bemerkte er nicht, daß eine männliche Gestalt
an der andern Seite der Straße plötzlich still
stand, einen Augenblick zu schwanken schien und
dann ihm in einiger Entfernung folgte. Dieser
Mann war Robert Volkmann.

Es war Robert unerträglich geworden in der
engen Stube, selbst die Gegenwart Hermine's

konnte diesmal den bösen Geist nicht bannen, welcher von Zeit zu Zeit mit erneuter Gewalt über ihn kam; er hatte hinaus gemußt, um die frische Nachtluft in tiefen Zügen einzuathmen, um seiner quälenden Unruhe, seiner inneren Auf= regung Herr zu werden.

Ohne Ziel war er in den Straßen umher= gewandert und so in den Stadttheil gekommen, in welchem die Weinschenke Pollmann's lag. Gerade an ihn hatte er in der letzten Zeit fort= während gedacht, auf ihn hatte er seine ganze Bitterkeit gehäuft, die immer mehr die Form des glühenden Rachebedürfnisses annahm. Ein böser Zufall trieb ihm diesen Menschen nun in den Weg, und obwohl Robert ihn seit der Gerichts= verhandlung, in welcher der Meineid dieses Schurken ihn zum Verbrecher stempelte, nicht mehr gesehen hatte, erkannte er ihn doch trotz der Veränderungen in seiner äußeren Erscheinung sofort wieder. Nur einen Augenblick schwankte er, das Versprechen, welches er seiner Braut ge= geben hatte, hielt ihn zurück; aber auch nur einen Augenblick. Dann ging Alles, was dieser Mensch ihm zugefügt hatte, mit Blitzesschnelle an seiner Seele vorüber. Dieser Schurke war von seinem Vormund gedungen, ihn zu verderben; und da=

neben konnte Robert sich nicht von dem Ge=
banken trennen, daß Pollmann auch bei den ent=
ſetzlichen Plänen gegen Hermine die Hand im
Spiel gehabt habe. Dieſes Bubenſtück forderte
Rechenſchaft, und unwillkürlich trieb es ihn vor=
wärts; eine innere, unabweisbare Stimme flüſterte
ihm zu, daß jetzt der Zeitpunkt gekommen ſei,
die Rechenſchaft zu verlangen.

Er hatte keinen beſtimmten Plan, er wußte
nicht was er thun wollte; aber mechaniſch ging
er ſeinem Feinde in gleichmäßiger Entfernung
mit faſt unhörbaren Schritten nach. Wie ein
Dieb hielt er ſich in dem Schatten der Mauer,
um nicht bemerkt zu werden, ohne den Gegenſtand
ſeiner Verfolgung aus den Augen zu verlieren,
bis dieſer vor ſeiner Wohnung angekommen war
und hinter der dunklen Hausthür verſchwand.

Wieder ſchwankte Robert, es widerſtrebte ſei=
nem Ehrgefühl, in ein fremdes Haus unbefugt
einzubringen; aber in demſelben Augenblick hörte
er, wie ſein Gegner oben die Stubenthür öffnete.
Die Ehtſcheidung war kurz. Mit wenigen Sätzen
flog er die Treppe hinauf, er trat unbemerkt in
das dunkle Zimmer, in welchem Pollmann eine
Zeit lang vergeblich nach einem Schwefelholze
ſuchte, um Licht zu machen. Endlich gelang es
2*

ihm; er nahm die Lampe, um sie auf den in der Mitte des Zimmers stehenden Tisch zu stellen, als sein Blick auf die Gestalt Robert's fiel.

Pollmann hatte sich schon oft in Lagen befunden, welche große Geistesgegenwart erforderten und war denselben gewöhnlich gewachsen gewesen; aber diese Erscheinung war eine so unerwartete, geheimnißvolle, sie stand außerdem in so genauer Beziehung zu seinen innersten Gedanken, daß er sie im ersten Augenblick fast für eine überirdische, für den Racheengel seines verbrecherischen Lebens zu halten geneigt war. Ein zweiter Blick überzeugte ihn zur Genüge, daß er es mit einem Lebenden zu thun hatte. Die drohende Haltung, die in jedem Zuge sich kundgebende Spannung, das flammende Auge Robert's flößten ihm nichts weniger als Vertrauen ein, und nach dem ersten Schrecken drängte sich ihm das Bewußtsein auf, daß er sich eines schlimmen Gegners zu erwehren, ja vielleicht in der nächsten Minute sein Leben zu vertheidigen haben werde. Aber mit diesem Bewußtsein kehrte auch, wenigstens zum Theil, die alte Sicherheit zurück; an persönlichem Muthe hatte es ihm, trotz all' seiner anderen schlechten Eigenschaften, nie gefehlt. Er stellte die Lampe auf den Tisch, trat einen Schritt vor und fragte mit ruhiger, kalter Stimme: „Was wollen Sie hier? Sie müssen doch wissen, daß mir wenig an der Erneuerung unserer Bekanntschaft liegt, zumal in so ungewöhnlicher Stunde und auf so ungewöhnlichem Wege. Oder sollten Sie sich vielleicht Ihrer Schuld erinnern und mit mir abrechnen wollen? Wenn ich nicht irre, beträgt sie siebenhundertundfünfzig Thaler; auf die Zinsen will ich verzichten."

Ueber Robert war nach der furchtbaren Auf=regung eine eisige Ruhe gekommen; unverwandten Blickes sah er den frechen Gauner an, welcher vergebens die alte Maske wieder vorzunehmen suchte; Pollmann wich unwillkürlich vor ihm zurück. Er antwortete mit einer Stimme, die eben so ruhig war wie sein Auge, aber einen eigenthümlich heisern Ton hatte: „Allerdings will ich mit Dir abrechnen, Bube; die Rechnung ist lang und schwer, aber sie wird nicht viele Zeit in Anspruch nehmen.

„Nicht von der Stelle," fuhr er fort, als Pollmann Miene machte, sich einem Seitentischchen zu nähern, auf welchem ein Revolver lag. „Beim ersten lauten Wort, beim ersten Hülferuf liegen Sie mit zerschmettertem Schädel am Boden. Sie sehen, ich bin nicht mehr der lustige Gesellschafter

von früher; das Zuchthaus hat mich ernst ge=
macht; sorgen Sie. dafür, daß der Ernst nicht
blutig werde."

Pollmann fühlte, wie ihm der kalte Schweiß
vor die Stirne trat, er mußte sich der Waffe be=
mächtigen, um seinem Gegner nicht wehrlos
gegenüber zu stehen; denn es war offenbar, daß
seine Frechheit allein ihm diesmal nicht durch=
helfen würde. Wenn nur dieser starre Blick nicht
gewesen wäre, der wie ein Alpdrücken auf seiner
ganzen Willenskraft lag!

Er versuchte zu lächeln, als Robert seine
Drohung ausgesprochen hatte; aber es war das
Lächeln eines Verzweifelnden, was seine über=
haupt nicht sehr einnehmenden Züge verzerrte;
dann ein Sprung auf die Seite und — Robert's
Faust umklammerte seine Kehle, die wie in einem
Schraubstock zusammengeschnürt wurde.

„Nicht so eilig, mein Freund," raunte er
dem nach Athem ringenden Pollmann in's Ohr,
während er ihn niederhielt und zum Knieen
zwang. „Ich sagte Ihnen ja, daß ich nicht mehr
der lustige Gesellschafter von früher sei. Jetzt
kommt meine Partie."

Der Gauner fühlte, wie ihm der Blutumlauf
im Kopfe stockte, wie die Adern auf der Stirne

anschwollen; es sauste ihm in den Ohren, und
die Ahnung stieg in ihm auf, daß Robert es auf
sein Leben abgesehen habe, da er auf keine andere
Weise Genugthuung für die an ihm verübten
Verbrechen erlangen konnte.

„Um Gottes willen, lassen Sie los," röchelte
er, sich am Boden windend, indem er vergebens
mit aller Kraft seiner Arme den ehernen Griff
zu lösen suchte. „Sind Sie gekommen, mich zu
erwürgen? Was wollen Sie? Was soll ich thun?"

„Ich sagte, daß ich abrechnen wolle, und das
will ich, so wahr mir Gott helfe," erwiderte
Robert. „Du bist der Hauptgauner der ganzen
Bande, also gestehe. Bei jeder Lüge schnüre ich
fester zu, drum versuch' einmal, die Wahrheit zu
sagen, wenn Dir das überhaupt möglich ist."

Pollmann befand sich in einer verzweifelten
Lage. Nicht, als ob er die geringsten Skrupel
gehabt hätte, seine Kameraden zu opfern; im
Gegentheil, es wäre ihm nicht unerwünscht ge=
wesen, dieselben für immer zu beseitigen. Er
konnte seinen Weg jetzt sicherer und vortheil=
hafter allein gehen, er beschäftigte sie eigentlich
nur, um ihr Schweigen zu erkaufen; das war
es also nicht, was ihn vor einem vollständigen
Bekenntnisse zurückhielt. Schamgefühl oder ein

gewisses, selbst in Gaunern, wie zum Beispiel dem
Rothen, nicht ganz erloschenes Ehrgefühl stand
ihm auch nicht dabei im Wege; es war längst
mit dem letzten Rest der Selbstachtung geschwun=
den. Nur sein Ich drängte sich, wie bei allen
anderen Phasen des Lebens, auch bei dieser Ge=
legenheit in den Vordergrund, und er berechnete
im Nu, durch welche Geständnisse er Robert be=
friedigen könne, ohne seinen eigenen Plänen zu
schaden, einerlei, wer sonst dabei zu Grunde
ging. Der Griff an seinem Halse schien sich in
dieser augenblicklichen Pause mehr und mehr zu
lockern. Der Gedanke durchzuckte ihn, daß es
vielleicht dennoch möglich sei, durch eine plötz=
liche, überraschende Kraftanstrengung sich seines
Gegners zu entledigen und die Waffe zu er=
reichen, welche ihn dieser Klemme entheben und
die Sachlage ändern mußte, so daß Robert als
Einbrecher und Mörder dastand und der unaus=
bleiblichen Strafe verfiel, der er ihn auf anderm
Wege entgegen zu führen gedacht hatte. Entschluß
und Ausführung erfolgten fast in demselben
Moment. Pollmann goß seine ganze Wuth, die
Energie der Verzweiflung, in eine Anstrengung
seiner durchaus nicht schwächlichen Muskeln; einen
Augenblick schien es, als ob es ihm gelingen

sollte, sich dem Schraubstocke zu entwinden; aber in der nächsten Minute lag er wieder, hülfloser als vorher am Boden. Robert hatte in der That seine ganze Aufmerksamkeit auf die zu erwartende Antwort seines Feindes gerichtet und die Controle seiner nervigen Faust außer Augen gelassen; aber trotzdem war er einem derartigen Befreiungsversuch gewachsen, und diesmal nahm er sich vor, vorsichtiger zu sein.

„Willst Du jetzt beichten, Canaille?" knirschte er, indem er zur weiteren Sicherheit das Knie auf Pollmann's keuchende Brust stemmte. „Ich will Dein elendes Leben nicht — Du sollst es meinetwegen, Dir selbst zur Last und Anderen zur Warnung, dem unwürdigen Grabe zuschleppen, dem Du verfallen bist; aber Zoll für Zoll laß' ich Dich verenden, wenn Du mir nicht gestehst, wer der Schurke war, der mein innerstes Herzblut vergiften, der meine Braut entehren wollte. Alles Andere könnte ich Euch verzeihen, so niederträchtig es eingefädelt und so infam es ausgeführt wurde — aber dies fordert Rache! Ich will den Namen wissen, und sein Träger soll mir büßen — einerlei, wer er ist und wo ich ihn finde!"

Pollmann fühlte seine Sinne schwinden; er

faß, daß er in der Gewalt eines Mannes war, der Alles an die Erreichung seines Zweckes setzen würde. Er röchelte mit der letzten Anstrengung, daß er bereit sei, Rechenschaft zu geben.

Wieder lockerte sich der eiserne Griff an seinem Halse, aber ohne daß Robert irgend eine Vor= sichtsmaßregel außer Acht gelassen hätte, seinen Gegner an der Wiederholung eines Befreiungs= versuches zu verhindern.

„Ich bin nicht schuld daran — ich war zu jener Zeit gar nicht in der Stadt. Ich gebe Ihnen mein Ehrenwort, daß ich mit dieser Sache in keiner Weise in Verbindung stand," sagte Pollmann, nachdem er Athem geschöpft hatte.

„Dein Ehrenwort!" erwiderte Robert. „Mir muthest Du zu, daß ich das, was Du damit be= kräftigest, glauben soll...? Du mußtest darum — Du bist der Anstifter, wie Du der Anstifter jeder Gaunerei gewesen bist, durch welche mein Leben verbittert wurde... Wie könntest Du überhaupt davon unterrichtet sein, wenn Du nicht damit zu thun hattest?... Aber ich will annehmen, daß Du persönlich nicht hier warst; nenne mir den Buben, der Deine Pläne auszuführen ver= suchte, ihn soll meine Rache treffen; Dich über= lasse ich Deinem Schicksal."

Der Griff am Halse wurde wieder fester.

Pollmann überlegte noch immer, auf welche Weise er die Mittheilungen, die er zu machen gezwungen war, am besten für sich selbst verwerthen könne. Aber das Argument an seiner Kehle wurde immer bringender und überzeugender.

„Also Sie versprechen mir —" keuchte er, indem er Robert mit stieren Augen anblickte.

„Ja, ich verspreche Dir Dein elendes Leben, wenn Du mir den Namen nennst," erwiderte Robert, „obgleich ich weiß, daß Du mich des Mordversuchs beschuldigen wirst. Das ist eben das Schlimme, daß Ihr abgefeimten Gauner Euch stets hinter dem Buchstaben des Gesetzes verkriechen könnt; aber hüte Dich, jetzt zu lügen — denn meine Rache trifft Dich doppelt, wenn Du mir nicht den Richtigen nennst!"

„Es war — — Sänger," brachte der Elende mühsam hervor; „ich kann's beweisen, daß ich nichts damit zu thun hatte — ich habe noch ein Billet von ihm, in welchem er mir seine Vorbereitungen zur Entführung Ihrer Braut auseinandersetzt."

„So war die Schandthat zwischen Euch Beiden abgekartet, Du dachtest das Mädchen zu verderben, weil es Dich durchschaut und zurückgewiesen hatte, und mich im Herzen zu vernichten, weil Du wußtest, daß Du mich da am sichersten treffen würdest!"

„Ich — glaubte, Sänger liebe das Mädchen, er würde von ihr gern gesehen — —"

„Schweig, Schurke, wenn ich mein Ver= sprechen nicht bereuen soll!" knirschte Robert. „Rege nicht den Dämon in mir wieder auf, den ich bei Deinem Anblick nur mit Mühe beherrschen kann, und der mir zuflüstert, Deine verruchte Kehle nicht eher loszulassen, bis Deine Seele der ewigen Rechenschaft übergeben ist. Aber ich weiß jetzt, was ich wissen wollte, ich bin vor der Hand zufrieden, und werde meine Maßregeln so zu treffen wissen, daß Eure Machinationen zu Schanden werden... Thut, was Ihr wollt; unsere Abrechnung hat begonnen und ich werde nicht ruhen, bis ich auf Heller und Pfennig be= zahlt bin!" —

Damit erhob er sich, im nächsten Augenblick war er in der Dunkelheit verschwunden.

Pollmann sank, erschöpft und zitternd vor Wuth, auf das Sopha, ohne einen Versuch zur Verfolgung zu machen.

# 3.
## Die Vergeltung.

In einer Kellerspelunke, deren an und für
sich feuchte Luft durch Spiritus= und Tabakdüfte
so dicht geworden war, daß sie dem Eintretenden
fast den Athem benahm, saßen der Rothe und
dessen Zuchthausgenosse Volk an einem Seiten=
tische in eifriger Unterhaltung beisammen.

Die Einrichtung dieser Schenke war eine sehr
einfache, einige hölzerne Tische mit ebensolchen
Bänken, ein Schenktisch, der einmal weiß an=
gestrichen gewesen war, dessen Farben jetzt je=
doch Grau in Grau spielten, und verschiedene
Flaschen von den mannigfaltigsten Formen bil=
deten die ganze Ausstattung. Der Eigenthümer
dieser Herrlichkeiten, eine echte Kellerpflanze mit
aufgebunsenem Gesicht und pilzartigem Aeußern,

sah aus, als ob er nie in der Oberwelt verkehrt
habe, vielmehr, in vollkommener Harmonie mit
seiner Umgebung, über Nacht h i e r aufgeschossen
sei und sein Dasein als unterirdischer Spelunken=
wirth angetreten habe.

Volz oder der „Fahrplan" war, seitdem er
nicht mehr die regelmäßige Kost eines geordneten
Haushaltes genossen hatte, sehr heruntergekommen.
Sein ohnehin nicht sehr anziehendes Gesicht war
noch abstoßender geworden, und die Kleider,
welche er trug, waren keineswegs geeignet, seinem
Aeußern einen vortheilhaften Anstrich zu geben.
Der Schmutz, welcher sich auf dem abgetragenen
schwarzen Rock angesammelt hatte, ließ darauf
schließen, daß Herr Volz sich nicht immer eines
wohlbereiteten Bettes als Lagerstatt erfreute und
es mitunter vorgezogen haben mochte, in der
freien Natur zu übernachten.

Der Rothe war, wenn auch nicht besonders
fein, doch anständig, wie ein ordentlicher Arbeiter,
gekleidet und bildete, trotz seiner wenigen, schon
zur Genüge beschriebenen äußeren Vorzüge, einen
ordentlich wohlthuenden Gegensatz zu dem ver=
kommenen Wesen des Andern.

„Du hast Dich schon wieder an die Karline
gewöhnt, mein Junge," sagte der Rothe, als

Voltz gierig das große Glas an die dünnen Lippen
setzte und dessen Inhalt fast mit Einem Zuge
hinuntergoß. „Das war das fünfte, und jetzt
kommt das sechste und letzte — denn heute Abend
heißt es: nüchtern bleiben! Ich bin zwar auch
kein Kostverächter; aber mich so toll und voll zu
saufen, macht mir, als Mann von Erziehung,
durchaus kein Plaisir. — So, das ist das letzte,"
fügte er hinzu, als das Glas wieder gefüllt war;
„also trink mit Verstand. Wenn wir fertig
sind, kannst Du meinetwegen mit dem Teufel
um die Wette saufen."

Voltz murmelte einige unverständliche Worte,
schien sich jedoch in sein Schicksal zu fügen.

Der Rothe hatte noch vom Zuchthaus her die
langgewohnte Autorität über seinen Gefährten
behauptet, er hielt ihn in seiner Weise ziemlich
streng — wenigstens ließ er sich nicht wider=
sprechen, wenn er einmal eine Verfügung ge=
troffen hatte.

„Ich möchte wissen, was die Alte bei der Ge=
schichte will," fuhr er fort, nachdem er sein Glas
bedächtig niedergesetzt hatte, wie wenn er selbst
an diesem Orte es vermeiden wolle, irgend welche
Aufmerksamkeit zu erregen. „Wir können es
allein ausführen, und sie dürfte uns am Ende

im Wege sein; — möchte wohl wissen, was
eigentlich dahinter steckt."

„Auf die Mutter Lenz können wir uns ver=
lassen," antwortete der Fahrplan, „so gut und
besser, als wie auf uns selbst; sie muß dem
Alten nicht besonders grün sein. Ich hab' schon
früher einmal ein Vögelchen pfeifen hören, konnte
aber nie etwas Genaueres erfahren. Mir wurde
ordentlich bange, wie ihre Augen funkelten, als
wir die Geschichte verabredeten. Was geht's
uns an? Die Weiber haben einmal ihre Launen,
und man thut am besten, wenn man ihnen
nachgiebt."

„Ganz meine Ansicht," erwiderte der Rothe,
„sie ist zu gescheit, als daß sie sich hinreißen
lassen und uns etwas verderben sollte. Aber wir
müssen auf unserer Hut sein, wenn das Ding
auch leicht genug aussieht."

„Du bist also ganz sicher, daß außer dem
Alten nur eine Magd in dem Hause ist?"

„Niemand als die alte Martha, ich kenne das
alte Gerippe von früher. Du mußt vortreten,
um sie im ersten Augenblick still zu machen."

„Ganz still?" fragte Volz, als ob es sich um
eine gewöhnliche Geschäftssache handle, bei der
man gleichwohl alle Punkte festsetzen muß.

„Schafskopf," sagte der Rothe. „Da sieht man wieder Deine schlechten Gewohnheiten und Deine Kurzsichtigkeit! Es ist nicht die geringste Nothwendigkeit dazu vorhanden, und wer wird zu diesem Mittel greifen, wenn ein Strick und ein Knebel dieselben Dienste leisten können? Außerdem ist keine Seele in dem alten Rumpel= kasten, die Lärm machen könnte, und wir können unsere Geschäfte mit dem Alten in der Schreib= stube gemüthlich abmachen. Er kann nicht schla= fen und hockt immer noch spät über seinen Pa= pieren und Geldsäcken; na, wir wollen ihn von der Sorge befreien."

„Und Du bestehst darauf, daß wir dem Gelb= schnabel herausgeben, was der Alte ihm gestohlen hat? Ich begreife nicht, was Du an dem Kerl für einen Narren gefressen hast," sagte Volß mürrisch. „Der Teufel soll den Laffen holen."

„Halt Dein ungewaschenes Maul, Du Gro= bian," antwortete der Rothe, indem er die Augen= brauen zusammenzog, „ich will keinen Heller von dem anrühren, was der Alte und das Gesetz dem Volkmann gestohlen haben und werde schon dafür sorgen, daß Du's auch nicht thust. Ich hab's mir einmal in den Kopf gesetzt, ihm wieder zu dem Seinigen zu helfen. Dabei bleibt es,

ich will kein Wort weiter darüber hören. Wir
finden genug, um uns schadlos zu halten und für
den Rest unserer Tage ein gemüthliches Leben
zu führen. Die Mutter Lenz hat es übernommen,
sein Vermögen ihm zukommen zu lassen, und ich
schlage Dir den Schädel ein, wenn Du nur die
Hand danach ausstreckst."

Wieder konnte der Fahrplan nichts weiter
thun, als zu brummen und seine rothe Nase in's
Schnapsglas zu stecken.

„Also abgemacht," fuhr der Rothe fort, in=
dem er sich zu seinem Genossen hinüberbog, „so
wie die Hausthür geöffnet ist, schiebst Du der
Alten den Knebel in ihren zahnlosen Mund —
ehe sie einen Laut von sich geben kann. Du ver=
stehst Dich ja auf dergleichen Scherze und hast
von jeher mit dem schönen Geschlechte gut umzu=
gehen gewußt. Ich übernehme den Alten. Ich
freue mich schon auf die Angst, die der alte
Schuft ausstehen wird, und die Wuth, wenn er
sein Geld in unseren Händen sieht. Die Mutter
Lenz wird auch das Ihrige dazu beitragen, ihm
die Hölle heiß zu machen. Nachher theilen wir
ehrlich, wenn Mutter Lenz damit zufrieden ist.
Sie hat uns manchen guten Dienst geleistet und
soll auch ein Wort mitzureden haben, besonders

da ihr die Geschichte so sehr am Herzen zu lie=
gen scheint. Den Alten mit seiner Magd lassen
wir gebunden liegen, da müssen sie von Glück
sagen, wenn sie am nächsten Tage Jemand auf=
findet; denn die Leute scheuen sich vor dem ein=
samen alten Hause, und wer nicht muß, geht
nicht hinein. Inzwischen sind wir längst über
alle Berge."

Mit diesen Worten, die als endgültig zu be=
trachten und augenscheinlich von Volz auch so
aufgefaßt worden waren, rückte der Rothe eine
kleine Tasche mit verschiedenen Werkzeugen näher
zu sich heran, leerte sein Glas und schickte sich,
nachdem er auf die Uhr gesehen, zum Aufbruch
an. Der Fahrplan folgte seinem Beispiel. Es
war gegen neun Uhr Abends, als sie die Spelunke
verließen.

Werner Bank wandelte gedankenvoll in seinem
Bureau auf und ab. Seitdem Hermine ihn ver=
lassen hatte, empfand er, obwohl er es sich selbst
nicht zugestehen mochte, eine Leere, die er mehr
denn je durch geschäftliches Treiben auszufüllen
suchte. Sie war das letzte Glied gewesen, das
ihn noch mit der Gesellschaft in Verbindung ge=
halten hatte. Jetzt war er allein, ganz allein
mit seinen Schätzen, mit dem, wofür er Alles ge=

3*

opfert hatte. Die Lampe brannte trüb' an der ge=
wöhnlichen Stelle auf dem Schreibtisch und warf
nur einen begrenzten Schein auf das Papier,
auf welchem der Wucherer gerechnet hatte. Der
Geldschrank stand halb geöffnet, auf dem Tische
lagen verschiedene Papiere, mit deren Durchsicht
der Wucherer gerade beschäftigt gewesen war.
Er hatte gerechnet, sich einen allgemeinen Ueber=
blick über seine Lage verschafft und über die ver=
schiedenen Pläne, welche er mit Pollmann's Hülfe
auszuführen gedachte, eingehende Notizen gemacht.
Da war zuerst und vor allen Dingen Robert.
Nicht, als ob er Gewissensbisse über den schmäh=
lichen, an seinem Mündel verübten Betrug em=
pfunden hätte, im Gegentheil, er mußte lachen,
wenn er daran dachte, mit welcher Leichtigkeit ihm
die Fälschung der verschiedenen Documente ge=
lungen war, wie er das Hinterlassenschaftsgericht
an der Nase geführt hatte, und dann vollends
Robert's Ueberraschung und Zorn, als er seine
Erbschaft in Empfang nehmen wollte und nichts
fand, als Schuldscheine und lange Rechnungen.
Es war auch wirklich zum Lachen, wie man unter
dem Deckmantel des ehrenfesten Bürgerthums mit
dem Gesetze spielen und die größten Schurkereien
ausführen konnte. „Die Menschen sind so dumm,

so dumm," murmelte er mit Befriedigung, wenn
er an diesen Punkt in seinem Gedankengange
kam, indem er mit den dünnen Fingern auf die
Dose klopfte und eine Prise nahm; „sie wollen's
nicht besser; mundus vult — ergo."

Aber so ganz ruhig ließ ihn die Geschichte
doch nicht. Er war zwar für alle Fälle gewappnet;
aber es konnte dennoch zu unangenehmen, in
mancher Beziehung störenden Enthüllungen kom=
men, wenn es dem eifrigen kleinen Doctor gelang,
ein Revisionsverfahren einzuleiten. Am besten
war es, Robert ganz unschädlich zu machen und
ihn wieder hinter die Mauern des Zuchthauses
zurückzubringen. Zu diesem Zwecke hatte er den
menschenfreundlichen, aber nicht ganz richtig be=
rechneten Plan ersonnen, Robert zur Betheiligung
an einem Einbruch zu bewegen, bei welchem er
als bereits bestrafter Galgenvogel erwischt werden
sollte. Dieser Plan war an dem Widerstand des
Rothen gescheitert, indeß hatte Pollmann dem
Alten versprochen, die Sache in anderer Weise zu
ordnen. Mit der Mutter Lenz, obwohl er sie
aus den Berichten seines Genossen genau kannte
und ihre Verdienste zu schätzen wußte, war er
aus Vorsicht nie in persönliche Berührung ge=
kommen; aber er wußte, daß sie beinahe in Allem,

was Pollmann unternahm, die Hand im Spiele
hatte. „Kommt Zeit, kommt Rath," schloß er
seine Betrachtungen; „die Sache hat noch keine
Eile, und vielleicht thut er mir mit seiner Heftig=
keit und seinen überspannten Ideen von Recht
und Ehre selbst den Gefallen, sich festzurennen,
ohne daß ich einen Finger dabei zu rühren brauche."
Er dachte keinen Augenblick daran, daß er, indem
er Robert zu vernichten strebte, zugleich mit dem
Lebensglück, ja mit dem Leben seines Kindes
spielte. Mit der „Sentimentalität", wie er's
nannte, hatte er abgeschlossen; es war „nichts
damit zu machen".

Dann war die Amerikanerin ein schlimmer
Dorn in seinem Kissen. Sie hatte zwar noch
nichts gegen ihn ausrichten können, und er mußte
die Coupons in seinem eisernen Schranke sicher
genug; aber sie ging mit einer Energie zu Werke,
welche ihm Angst einflößte und am Ende doch
noch zu irgend einem ungünstigen Resultate führen
konnte. Und dann waren die Coupons, für den
Augenblick wenigstens, in seinen Händen werthlos
geworden. Sonderbarer Gegensatz! Der Alte
wäre lieber verhungert, als daß er sich von dieser
Summe, die er seit so langer Zeit als sein Eigen=
thum betrachtete, getrennt hätte. Zwar hatten

die Papiere nichts von ihrem Werth eingebüßt,
aber das Bewußtsein, daß sie für ihn ein todtes
Kapital waren, wurmte ihn. Auch in diesem
Falle, wie immer, wenn die gesetzliche Gaunerei,
die Schleichwege des Fälschers und Meineidigen,
zur Erreichung seiner Zwecke nicht hinreichten,
war seine verbrecherische Phantasie auf ein anderes
Verfahren gerathen, welches er in seiner ersten
Unterredung mit Pollmann nach dessen Rückkehr
von der großen Reise besprochen hatte, und das
ihm nicht geringes Vertrauen einzuflößen schien.
Pollmann selbst war bei der Sache persönlich
betheiligt, seine Begierde nach dem schönen Weibe
hatte sich durch die mannigfachen Hindernisse,
welche ihm entgegentraten, noch mehr gesteigert,
seine Eitelkeit war auf's Tiefste verletzt, er mußte
sich rächen für den Hohn, mit dem sie ihn behandelt,
für die lächerliche Erniedrigung, in welcher sie
ihn gesehen hatte. Er wollte sie nicht mehr für
sich gewinnen, er wollte sie nur besitzen, um sie
nachher mit gleichem Hohne von sich schleudern
zu können. Für diesmal war der Geldpunkt bei
ihm nicht die Hauptsache; aber Werner Bank
konnte dabei gewinnen, wenn sie, entehrt und
gedemüthigt, das Land verließ und in Folge
dessen jedes Verfahren gegen ihn einstellen mußte.

„Wenn nur Pollmann keine Dummheiten macht,"
sagte er im Gehen vor sich hin. „Der Mensch
ist nicht mehr so besonnen und kalt, wie früher,
er läßt sich von Eindrücken bestimmen, die mit
dem Geschäfte gar nichts zu thun haben. Na,
jeder Narr hat seine eigene Kappe. Wenn er
diesmal seine Schuldigkeit gethan hat, so schließe
ich mit ihm ab, und dann kann er machen, was
er will." Die übrigen „Geschäfte" Werner Bank's
befanden sich ebenfalls in leiblich blühendem Zustande, der alte Mann empfand bei seiner Rund-
schau etwas wie Befriedigung, so weit dies überhaupt bei ihm möglich war. Und wenn er nun
am Ziele aller seiner Wünsche angelangt war,
wenn er Alles erreicht hatte, wonach er strebte,
Eleonore's und Robert's Vermögen sich gesichert
hatte, was kam dann? Was lag hinter diesem
Streben, als neue Pläne zur Vermehrung des
Gestohlenen, als vollständige Oede des Geistes
und des Gemüths, ein unbeweintes Todtenbett
und ein ungeschmücktes Grab? Aber daran dachte
der Wucherer in jenem Augenblicke nicht, er hatte
ja mit der „Sentimentalität" abgeschlossen.

Er hielt in seinem Spaziergange inne und
schickte sich an, die Papiere, welche ihn so ernst-
lich beschäftigt hatten, wieder einzuschließen, als

die Hausglocke ertönte, und gleich darauf die alte
Martha den Riegel zurückschob. Die Ueber=
raschung war ihm höchst ungelegen. Im ersten
Augenblicke war es seine Absicht gewesen, hinaus
zu eilen und die Magd am Oeffnen zu verhindern;
aber es war schon zu spät, er mußte die Augen=
blicke bis zum Eintritt des unwillkommenen spä=
ten Besuchers benutzen, die Papiere in Sicherheit
zu bringen. Es konnte wohl nur Pollmann sein,
der zu dieser ungewöhnlichen Stunde bei ihm
anklopfte; aber auch diesem gegenüber war er stets
zurückhaltend gewesen, er hatte ihm eben so wenig,
wie dem Staatsanwalt, einen Einblick in seinen
Geldschrank gestattet.

Mit einer Schnelligkeit und Gewandtheit,
welche Niemand dem alten, ausgetrockneten Männ=
lein zugetraut haben würde, der ihn so hüstelnd
und gebückt auf der Straße dahingehen sah, sprang
er auf die Documente zu, raffte sie zusammen
und war mit einem Satze vor seinem Geldschranke,
den er eben zugeschlagen und verschlossen hatte,
als die Zimmerthür geöffnet wurde. Er hatte
in der Eile nicht einmal bemerkt, daß sein Besuch
es nicht für nöthig erachtet, vor seinem Eintreten
das Ceremoniell des Anklopfens zu beobachten,
und daß die Zeit vom Oeffnen der Hausthür

bis zum Eintritt eine längere gewesen war, als man zum Zurücklegen der kurzen Strecke bedurfte.

„Sie wählen immer sehr ungewöhnliche Stunden zu Ihren Besuchen, Pollmann," sagte er mürrisch, während er noch der Thür den Rücken wandte und mit dem letzten Abbrechen des Kunstschlosses an seinem Geldschrank beschäftigt war. „Sie wissen doch, daß mir dergleichen Ueberraschungen nicht besonders angenehm sind, und zumal heute wüßte ich wirklich nicht, was wir mit einander abzumachen hätten."

„Sie müssen schon entschuldigen; wir haben bei Tage keine Zeit," erwiderte eine rostige, dem Wucherer gänzlich unbekannte Stimme. Werner Bank wandte sich erschreckt um, mit Entsetzen sah er statt des seinen Herrn Pollmann zwei Gestalten vor sich, die wenig geeignet waren, zumal in so später Stunde, Vertrauen einzuflößen.

Der Redner war Herr Voltz, der Fahrplan, und der Rothe setzte hinzu: „Und abzumachen haben wir allerdings etwas, woran Sie sehr nahe betheiligt sind."

Dem Wucherer benahm das Plötzliche, gänzlich Unerwartete beinahe den Athem, er versuchte zu schreien, aber der Laut blieb ihm in der Kehle

stecken; es war ihm unmöglich, ein Wort hervor=
zubringen, wie vernichtet sank er, aller Fassungs=
kraft beraubt, auf einen Stuhl nieder.

Der Rothe benutzte dies augenblickliche
Schweigen, um dem Alten die Sachlage in klaren
und deutlichen Worten auseinander zu setzen.

„So ist's recht, alter Freund," sagte er grin=
send, indem er seine Tasche mit den Werkzeugen,
etwa wie ein Chirurg, der eine Operation vor=
zunehmen im Begriff steht, auf den Tisch legte;
„wir verstehen uns und werden auf diesem Wege
am besten mit einander fertig. Sie wissen, wes=
halb wir gekommen sind — ein Laut, und es ist
um Sie geschehen." Der Fahrplan illustrirte
diese Rede, indem er einen Strick aus seiner
Tasche zog und eine Schlinge machte, deren Be=
deutung leicht verständlich war. „Dem alten
Drachen da draußen haben wir das Maul gestopft,
und wenn Ihr Euch nicht hübsch ruhig betragt,"
fuhr der Rothe fort, „so können wir das Kunst=
stück wiederholen."

Werner Bank wußte vom ersten Augenblicke
an nur zu wohl, was die beiden Kerle wollten,
eben so schnell ward es ihm klar, daß er sich in
dem alten, öden Hause gänzlich ohne Schutz, ohne
irgend welche Hülfsmittel zum Widerstand be=

fand. Der Schweiß trat ihm in großen Tropfen auf die Stirne; ihm war, als ob er den Strick, den Bolz noch in der Hand hielt, schon an der Kehle fühlte. Er wagte nicht, zu rufen, er blickte nur mit entsetzten Augen auf die beiden Einbrecher, welche ihrerseits sich ganz zu Hause zu fühlen schienen und mit der größten Ruhe zu Werke gingen.

„Ihr habt zwar den höchsten Galgen verdient," nahm der Fahrplan das Wort, „aber wir wollen gnädig mit Euch umgehen, wenn Ihr keine Umstände macht und gutwillig herausgebt, was Ihr in Eurem langen Leben Anderen gestohlen habt."

„Ja wohl, und zuerst das Vermögen Volkmann's," warf der Rothe ein.

Wenn irgend etwas die ohnmächtige Wuth des Wucherers noch hätte steigern können, so war es dieser Name. Also hatte Robert sich dennoch entschlossen, sich an ihm zu rächen, dennoch hatte er sich an dem Einbruch betheiligt, freilich in ganz anderer Weise, als er es wollte; er konnte sich nicht anders denken, als daß Robert der Anstifter des ganzen Werkes sei. „Ich weiß nicht, was Ihr wollt," sagte er mit bebender Stimme. „Ich habe ihm nichts genommen; meine

Rechnungen sind richtig — vom Gerichte be=
glaubigt."

„Lügen zieht nicht, alter Bursche!" rief der
Rothe mit gedämpfter, aber höchst energischer
Betonung, indem er, ein Zeichen seines auf=
steigenden Zornes, die Augenbrauen zusammen=
zog. „Und wenn Ihr vom Gesetz sprecht, so
wird Unsereinem vollends übel. Wir wollen
einmal das Gesetz selbst in die Hand nehmen;
also heraus mit den Schlüsseln, wenn Dir die
Knochen lieb sind!"

Wie gern würde der Alte ein Glied seines
morschen, gebrechlichen Körpers hingegeben haben,
wenn er sich damit hätte die Freiheit erkaufen
können! Der Gedanke, seine mit so unendlicher
Mühe, mit so vielen Meineiden und Fälschungen
erworbenen Schätze auf so schnöde Weise zu ver=
lieren, war ihm entsetzlich.

„Aber ich versichere Euch," fuhr er weiner=
lich fort, indem er sich von dem Stuhl zu er=
heben versuchte, um seinen Worten mehr Nach=
druck zu geben, „er hat Euch belogen, wie er
mich und seinen Vater von frühester Jugend auf
hinter's Licht geführt hat. Was kann ich dafür,
daß sein Vater mehr Schulden als Vermögen
hinterlassen hat? Euch wollte ich gern etwas

für Eure Mühe anbieten — aber baares Geld habe ich nicht. In meinem Pult liegen nur Wechsel und Verschreibungen, die auf meinen eigenen Namen lauten und für jeden Andern völlig werthlos sind."

Die letzten Worte hatte er kaum noch hervorbringen können, denn er sah, wie der Fahrplan zu dem Strick auch noch ein Pistol aus dem schäbigen Rock hervorzog, den Hahn spannte und die Mündung der Waffe auf ihn richtete.

Der Rothe drückte den erhobenen Arm seines Spießgesellen nieder und sagte verächtlich:

"Wir wollen mit dem Kerl nicht länger streiten; wenn er's nicht besser haben will, so soll er daran glauben, aber Dein Brummer da macht zu viel Lärm — nur immer hübsch ruhig und anständig!... Also! wo sind die Kassenschlüssel?" wendete er sich zu dem zitternden Alten — "oder soll ich Deinem Gedächtniß zu Hülfe kommen?"

Werner Bank hatte unterdeß überall umhergespäht, ob sich ihm gar kein Ausweg zur Flucht eröffnen, ob sich ihm nicht irgend ein Mittel bieten könne, seiner entsetzlichen Lage zu entrinnen. Denn was war ihm das Leben, wenn man ihn seiner Schätze beraubte, unter denen sein Dasein ja längst begraben war?

Das Zimmer lag im Erdgeschoß. Von der alten Martha konnte er keinen Beistand erwarten. Die Straße war öde und namentlich am Abend nur selten von Fußgängern betreten — und doch war's möglich, daß der Zufall einen Retter herbeiführte, daß sein Nothschrei gehört wurde — — — und ein gellender Schrei, wie ihn nur die Todesangst auspressen kann, entrang sich seiner Kehle.

Aber in demselben Moment schlang sich ein dickes Tuch um seinen Mund, ein Knebel steckte ihm zwischen den Zähnen, und er selbst lag hülflos am Boden.

„So haben wir nicht gewettet, alter Sünder," höhnte der Fahrplan, indem er mit einer Art gewerbsmäßigen Eifers und der Miene des Kenners den Alten an Händen und Füßen fesselte. „Wir wollten manierlich mit Dir umgehen, aber wenn Du kein Freund von guten Manieren bist, so können wir unter Umständen auch grob werden. — — Ich habe Dir's ja gleich gesagt," wendete er sich zu dem Rothen; „wir würden uns viele Umstände erspart haben, wenn wir ihn gleich hätten springen lassen — aber Du bist immer zu gutmüthig."

„Das war von jeher mein Fehler," stimmte der Cyklop bei, „und darum hab' ich's auch in

der Welt nie zu etwas bringen können; aber
heute soll mir gewiß nichts im Wege stehen. Sieh
nur, was der Kerl für giftige Augen macht,"
sagte er, indem er den hülflos auf dem Boden
liegenden Alten mit dem Fuß anstieß. „Ja, ja
— bald wirst Du 'was zu sehen bekommen, was
sich der Mühe lohnt!... Ich glaube, eine größere
Strafe könnten wir ihm gar nicht ansinnen, als
wenn er zusehen muß, wie wir uns in seinen
Plunder theilen... Es ist ein christlich Werk,
im Grunde genommen, denn das alte Kieselstein-
herz hat es oft genug mit angesehen, wie Wittwen
und Waisen, denen er ihr Letztes nahm, blutige
Thränen vergossen haben!... Aber jetzt an's Geschäft — denn wenn wir auch Zeit genug haben
und so leicht wohl nicht gestört werden, der
Teufel könnte doch sein Spiel treiben, und je eher
wir fertig werden, desto besser ist es."

Der Fahrplan hatte schon damit begonnen,
in den verschiedenen Schubladen, in denen die
Schlüssel noch steckten, herumzustöbern und sich
anzueignen, was ihm werthvoll erschien, aber er
fand außer einer unbedeutenden Geldsumme nichts,
was seinen Zwecken diente und sich unmittelbar
hätte verwerthen lassen.

Der Rothe gab sich mit solchen Kleinigkeiten

nicht ab, er durchsuchte die Taschen des Wucherers, in denen er den Schlüssel zu dem feuerfesten Schrank vermuthete, der, wie er wußte, die Hauptschätze des Alten barg, und den er schon längst mit Kennerblicken gemustert hatte.

Außer sich vor Wuth, mit allen Kräften bemüht, seine Fesseln zu lösen, mußte sich Werner Bank diese Untersuchung gefallen lassen und dazu noch die mehr scherzhaften, wie zarten Bemerkungen des Rothen hören, der ihn ungefähr mit demselben Interesse beobachtete, wie ein grausamer Knabe den Käfer, den er eben auf die Nadel gespießt hat.

Nach kurzem Suchen hatte der Rothe den Schlüssel gefunden, er machte sich sofort an die Arbeit, während der Wucherer mit glühenden Blicken jede seiner Bewegungen verfolgte, so weit seine Fesseln, die sehr kunstgerecht und dauerhaft angelegt waren und seine unbequeme Lage dies gestatteten.

Was mußte in diesen Augenblicken in der Brust des Unglücklichen vorgehen! Sonst treten in den Momenten der Gefahr, wie vom Blitz erleuchtet, tröstende Erinnerungen vor die Seele — Bilder einer schöneren Vergangenheit, liebe, theilnehmende Gesichter, die Schatten edler Hand=

lungen, oder das Bewußtsein eines guten Stre=
bens — ihm leuchtete kein solcher Strahl in
der Stunde der Angst, ihm lächelte kein Bild,
das ihm zugerufen hätte: „Und wenn man Dir
Alles nimmt — die innere Gemeinschaft mit mir,
das Bewußtsein unserer Liebe, kann Dir weder
Tod noch Teufel rauben." Ihm trat keine gute
That vor Augen — keine getrocknete Thräne,
kein gelinderter Kummer legte sich als mildernder
Balsam auf die Pein des Augenblicks. — —
Wenn ja sein Blick in jener Stunde in die Ver=
gangenheit schweifte, so tönten ihm nichts als
Flüche aus derselben entgegen, hohläugige Ge=
sichter glotzten ihn an und höhnten über sein Un=
glück in unverhohlener Schadenfreude; geballte
Fäuste streckten sich ihm entgegen, und der Meineid
grinste ihn an mit verzerrter Fratze. — — Nein!
da war's immer noch besser, dem Rothen zuzusehen,
wie er an dem Schloß arbeitete, während der
Fahrplan fortfuhr, alles Brauchbare mit der
Habsucht des echten Spitzbuben sich anzueignen.

Jetzt hob er die Dose auf, welche der Wucherer
vorhin in der Angst hatte fallen lassen, er nahm
eine Prise und schob sie, nachdem er sie dem
Alten noch einmal unter die Nase gehalten, in
den Rock, der ganz Tasche zu sein schien. Das=

selbe geschah mit vielen anderen Gegenständen,
die ohne einen besondern Werth zu besitzen, gleich=
wohl seine angeborene Diebesnatur reizten · und
sich vor seinem „einnehmenden" Wesen nicht
retten konnten.

„Laß das dumme Zeug und komm hierher!"
rief jetzt der Rothe, der bis dahin angestrengt
geschafft hatte. Das Schloß war so kunstvoll
gearbeitet, daß er, obwohl zum Schlosserhandwerk
erzogen, doch nicht gleich die richtigen Griffe
finden konnte und daher, nachdem er die erste
Schwierigkeit gelöst hatte, sich mehr auf seine
herkulische Kraft, als auf seine Geschicklichkeit
verließ. Er hatte ein Stemmeisen hineingezwängt
und war jetzt bemüht, das innere Schloß zu
sprengen.

„So — jetzt noch einen tüchtigen Ruck!" er=
munterte er Volz. „Dann haben wir die ganze
Herrlichkeit vor uns... Jetzt!" .

Die stählernen Gefüge stöhnten und krachten
und gaben dann allmälig dem starken Druck nach.
Die beiden Thüren des Schrankes flogen aus=
einander, während der Bolzen, der die innere
Verkleidung gehalten hatte, klirrend zu Boden fiel.

Sie hielten einen Augenblick in ihrer Arbeit
inne, um sich den Schweiß von der Stirne zu

wischen und zu horchen, ob das seltsame Geräusch
nicht die Aufmerksamkeit eines zufällig Vorüber=
gehenden erregt habe. Als aber Alles ruhig
blieb, begannen sie mit der Untersuchung des
Schrankes.

Werner Bank schloß unwillkürlich die Augen,
als die Fäuste des Rothen in die Fächer griffen,
in denen seine Werthsachen, seine Documente, die
vielen Zeugen seiner Verbrechen lagen, nebst
einer bedeutenden Summe in Baar, die er erst
an demselben Tage eingenommen hatte. Er fühlte
sich einer Ohnmacht nahe und war in diesem
Augenblick wirklich eben so bemitleidenswerth, wie
verächtlich.

Trotz ihrer angestrengten Arbeit hatten die
beiden Gauner ihre humoristische Laune nicht ver=
loren, sie warfen einen Blick hohnlachender Ge=
nugthuung auf den gepeinigten Geizhals.

„Sieh da, sieh da!" rief der Rothe erfreut,
als er die Banknoten und die blanken Goldstücke
entdeckte, die in einem inneren Fach aufgehäuft
waren — „hat der alte Herr rein vergessen, daß
doch noch etwas Baares im Kasten war...! Na
— wer solche Summen nicht im Gedächtniß
behalten kann, dem darf's auf ein bischen mehr
oder weniger so genau nicht ankommen."

„Und kein einziges Stück beschnitten!" grinste
vergnügt der Fahrplan, der sein Plünderungs-
system mit erhöhtem Eifer fortsetzte; „lauter voll-
wichtige Napoleons! Ja, ja — er versteht sich auf
sein Geschäft und nimmt keine zu leichte Waare."

Nachdem das Geld bis auf das letzte Stück
herausgenommen war, begannen die beiden Strolche
die Untersuchung der sauber beschriebenen und
in Bündeln geordneten Papiere.

„Das verstehst Du besser, Voltz," meinte der
Rothe, „noch von Deinem alten Geschäfte her;
hast ja früher selbst genug solcher Dinger gemacht. Beim Schlosserhandwerk braucht man so
viel Gelehrsamkeit nicht — aber heut' haben wir
doch wieder gefunden, daß das „Handwerk einen
goldenen Boden" hat. Also sieh eins nach dem
andern durch und lege zurück, was wir brauchen
können. Aber Eins sag' ich Dir, versuch's einmal, ehrlich zu sein! Wenn ich das Zeug auch
nicht verstehe — kenne ich doch Dein Galgengesicht zu genau, als daß ich Dir's nicht ansehen
sollte, wenn Du mich über den Löffel barbieren
willst!"

Die Untersuchung nahm ihren Fortgang. Zuerst kamen Urkunden, Hypotheken und ähnliche
Papiere, deren Verwerthung nicht möglich, oder

doch sehr weitläufig gewesen wäre, deren Titel
von Volk abgelesen und vom Rothen wiederholt
wurden. Dann folgte ein Paket, bezeichnet: „Volk=
mann — Werner Bank"...

Der Wucherer erwachte bei diesen Namen
aus der Lethargie, in welche er für einen Augen=
blick verfallen war. Er öffnete die Augen, schloß
sie aber sofort wieder mit sichtlichem Entsetzen
— denn sein Blick fiel auf eine Erscheinung,
die ihm in diesem Augenblick eine neue
Hölle hervorzauberte, „Mutter Lenz" stand vor
ihm — —!

Ja — Mutter Lenz stand vor ihm, und er
schloß die Augen, wie wenn er ein Gespenst,
eine Mahnung aus dem Jenseits gesehen hätte...

Mutter Lenz stand vor ihm wie eine Seherin,
nicht mehr das Werkzeug und die Hehlerin von
Verbrechen, sondern als das Weib, das sich zur
Rächerin berufen fühlt und diese Aufgabe in
der vollen Bedeutung des Wortes zu erfüllen
gedenkt.

Ihre hohe Gestalt hatte etwas Majestätisches.
Das stark ergraute Haar wogte, nur lose zu=
sammengehalten von einem seidenen Netz, das
die scharfgeschnittenen Gesichtszüge noch mehr her=
vortreten ließ, fast ungehindert auf ihre von einem

Shawl nur leicht bedeckten Schultern. Ihr Auge,
dessen Blick selbst der Rothe mitunter nicht er=
tragen konnte, blitzte Funken aus ihrer von
Leidenschaften durchglühten Seele, obwohl es
sich mit eiserner Ruhe auf die traurige Gestalt
des geknebelten Wucherers heftete. Um den Mund
spielte ein sardonisches Lächeln, nur gemildert
von der jetzt mehr denn je hervortretenden regel=
mäßigen Schönheit ihrer Züge. Die ganze Gestalt
athmete ein gewisses unbewußtes Leben, wie es
uns in den Werken genialer Bildhauer ent=
gegentritt, wie es sich aus dem stillen Waldsee
wiederspiegelt, wenn man unverwandt in die
glatte und doch von leichtem Hauch bewegte Fluth
schaut.

Nur einen Blick hatte Werner Bank auf
diese Gestalt geworfen — und doch hatte er sie
sofort erkannt.

Lange Jahre waren dahingegangen, seitdem
er, ein stattlicher junger Mann, in dem Provinz=
städtchen an dem schönen Mädchen Gefallen ge=
funden, ihr Treue geschworen und — gebrochen
hatte; lange Jahre waren dahingegangen, seitdem
sie von ihm verstoßen worden war, lange Jahre,
seitdem sie mit ihrem Kinde in der fremden,
großen Stadt heimath= und obdachlos umhergeirrt

war, an Gott und der Welt verzweifelnd — aber
der Schwur, den sie in jener Nacht gethan,
war nicht vergessen —: er sollte sich jetzt er=
füllen — — !

Der Knebel hinderte den Wucherer, einen
Laut auszustoßen, und so lag er denn eine Zeit
lang still, mit geschlossenen Augen, ohne einen
Versuch zu machen, sich von der Leibhaftigkeit
der ihm gewordenen Erscheinung zu überzeugen.

Wie war es möglich, daß die längst Ver=
schollene, welche seit zwanzig Jahren nicht den
geringsten Versuch gemacht hatte, sich ihm zu
nähern, jetzt plötzlich, im Augenblicke der höch=
sten Noth, an ihn herantrat, um ihn die einzigen
Gewissensqualen kosten zu lassen, welche er in
seinem ganzen Leben gefühlt hatte — denn den
Verrath an der ersten Liebe vergißt wohl auch
der Verhärtetste kaum... Oder sollte sie über
ihm gewacht haben, sollte wirklich das erste
reine Gefühl, das ihr jungfräuliches Herz ihm
einst entgegengebracht hatte, noch nicht erloschen,
sollte sie zu seiner Rettung herbeigeeilt sein...?

Der Rothe und der Fahrplan fuhren ruhig
mit ihrer Untersuchung des Geldschrankes fort;
nur einen Augenblick waren auch sie von der
seltsam wilden und stolzen Erscheinung geblendet

gewesen. Aber sie waren ja davon unterrichtet,
daß Mutter Lenz ihnen bei ihrer nächtlichen Ar=
beit einen Besuch abstatten würde, und sie misch=
ten sich nicht gern in die inneren Angelegen=
heiten derselben.

„Wie die Alte nur hereingekommen sein mag!"
flüsterte der Fahrplan dem Rothen zu. „Ich
glaube, es hat doch seine Richtigkeit mit ihrer
Hexerei."

„Und dem alten Sünder da muß verdammt
schlecht zu Muthe sein," antwortete der Rothe.
„Er sieht aus wie halbfertiger Käse, man sieht
das weiße Blut ordentlich durch seine Leder=
haut schimmern; ich möchte nicht in seiner Haut
stecken."

Werner Bank schlug nach einer geraumen
Zeit die Augen auf. Sonderbar! Er hatte fast
seine Schätze und die Gefahr, in welcher die=
selben schwebten, ja den ganzen Raubanfall über
dieser seltsamen Ueberraschung vergessen. Er
strengte seine Augen an, daß sie fast aus ihren
Höhlen traten, um das vermeintliche Phantom
zu durchbringen und zu vernichten, aber da stand
es vor ihm, unbeweglich und undurchdringlich!
Sein Blick nahm endlich statt eines geängsteten,
einen flehenden Ausdruck an; er versuchte zu

reben, konnte aber nur unartikulirte Laute her=
vorbringen; er strengte nochmals die Kraft der
Verzweiflung an, um seine Bande zu lockern,
aber vergebens. Er lag da, ein Bild der äußersten,
und zugleich der verächtlichsten Hülflosigkeit, all'
seine Laster, all' seine schlimmsten Leidenschaften
traten in seiner jetzigen Lage in ihrem häßlichsten
Ausbruck hervor, und die grauen, stechenden
Augen der Frau blieben mit unbeweglichem Ba=
siliskenblicke auf ihm ruhen. Endlich, endlich
bewegten sich diese Lippen, welche wie aus Stein
gemeißelt schienen; endlich löste sich das höhnische
Lächeln in den Mundwinkeln; das unheimliche
Feuer der Augen flammte wilder auf, und in
die düsteren Brauen kam zuckende Bewegung. —
Obgleich alle diese Anzeichen auf Sturm deuteten,
fühlte sich der Wucherer doch erleichtert, als
diese starre Erscheinung, welche wie ein Alp auf
ihm gelegen hatte, endlich Leben gewann.

Sie trat einen Schritt näher und sagte mit
leiser, aber wie das Zischen des Wassertropfens
auf glühendem Eisen klingender Stimme: „Du
kennst mich noch, Werner Bank; ich ersehe es
aus der Angst Deiner Blicke, aus der ohn=
mächtigen Wuth gegen Deine Fesseln. Geduld;
das Leben hat seine unangenehmen Seiten, auch

diese müssen ertragen werden. — Bis jetzt," fügte
sie nach kurzer Pause hinzu, „hast Du Alles
nach Deinem Geschmack eingerichtet und Alles
fortgestoßen, was Dir bei Verfolgung Deines
vermeintlichen Glücks im Wege war. Jetzt ist
die Stunde der Abrechnung gekommen, ich habe
seit zwanzig Jahren auf diesen Augenblick ge=
wartet. — Wir sind Beide seitdem nicht schöner
geworden, aber wir lieben uns doch noch, nicht
wahr? Du hast alle Deine Schätze nur zusammen=
gehäuft, um Deiner Margareth ein angenehmes,
sorgloses Alter zu bereiten, und hast mich vergebens
gesucht die ganze lange Zeit? Deshalb hast Du
Dein Weib langsam gemordet, deshalb hast Du
Deine Tochter verstoßen, um mit mir allein leben
und mit mir allein genießen zu können; deshalb
hast Du Dein Mündel bestohlen und Gott und
alle Welt betrogen, um mich desto reicher und
glücklicher zu machen. Ich weiß das, mein
Schatz, und nun bin ich gekommen, um die Ver=
lobung zu feiern und Dir Gelegenheit zu geben,
die Wünsche Deines guten, edlen Herzens zu
erfüllen."

Sie rückte während dieser in kurzen Pausen
ausgestoßenen Sätze dem Wucherer immer näher
und beugte sich zu ihm nieder, damit ihm kein

Laut, keine Muskelbewegung ihres dämonischen
Gesichts verloren ginge.

„Man hat Dich ja schon angezogen zum Hoch-
zeitsfeste," fuhr sie fort; „die Kleider sind aller=
dings etwas enge, aber so paßt es für einen
schmucken Bräutigam; sieh, unsere Küster arbeiten
schon an den Vorbereitungen zur Trauung, und
bald ist Alles vorbei."

„Da sind wieder die Volkmann'schen Papiere,"
tönte die Stimme des „Fahrplan" von der andern
Seite des Zimmers dazwischen, „der Teufel soll
mich holen, wenn's nicht Unsinn ist, die schönen
Wechsel dem Laffen auszuliefern."

„Halt's Maul, Kerl," erwiderte der Rothe
in seiner kernigen Weise; „die legen wir bei=
seite. Wehe Dir, wenn Du Deine Tatzen wieder
darauf zu legen wagst!"

„Hier heißt es: Major Warnstein's Papiere,"
fuhr Voltz fort, ohne sich durch die Drohung
stören zu lassen; „mit denen ist nichts zu machen;
denn der kleine Doctor Lindenschmitt, der den
Volkmann immer besuchte, als wir noch gute
Kameraden waren, ist dahinter her, wie der Teufel
hinter einer armen Seele. Wenn nur bald 'was
Ordentliches kommt, sonst lohnt es sich am Ende
nicht der Mühe, daß wir nach Amerika wollen

und hier das Geschäft aufgeben müssen. Da drüben sollen die Galgen für Unsereinen sehr hoch sein."

„Mir die Papiere!" wandte sich Frau Lenz jetzt zum ersten Mal an die beiden Gauner, als ob sie dieselben jetzt erst bemerke, und der Rothe gehorchte ohne Widerrede. „Siehst Du, Schatz, wie fleißig die Leute sind?" wandte sie sich wieder zu dem Wucherer. „Da haben sie das Geld und Deine Banknoten; jetzt sind sie bei den Wechseln und anderen Werthpapieren, die sie in Baar verwandeln können, ehe Du hier vom Boden aufstehst. Diese kleinen Bündel, welche ja doch nicht Dir gehören und für Dich völlig werthlos sind, giebst Du mir wohl zum Hochzeits= geschenk. Mann und Weib sind ein Leib; wir dürfen vor einander keine Geheimnisse haben, und Du weißt, daß ich Dich nicht verrathe. Wenn man so lange treu gewesen ist, wie ich, so kann man's auch noch länger sein." Ein leises, un= heimliches Lachen folgte den höhnenden Worten, denen der am Boden sich krümmende Wucherer vergebens sein Gehör zu verschließen suchte. Ich will sie Dir aufbewahren, oder noch besser, ich trage sie zum Staatsanwalt; der hat einen großen Schrank, noch viel sicherer und fester, als der Deinige, da kann sie Niemand entdecken."

Die beiden Gauner hatten jetzt fast den ganzen
Schrank ausgeräumt, und zwar zu beiderseitiger
Zufriedenheit; denn Werner Bank theilte, ob=
gleich er, wie Shylock, sein Geld gern „schnell
sich mehren" sah, die Schwäche der meisten Geiz=
hälse, daß er stets größere Summen aufbewahrte,
um sich an ihrem Anblick weiden zu können.
Sie hatten mehr gefunden, als selbst der Fahr=
plan gehofft hatte, der nunmehr mit weniger
schmerzlichen Gefühlen das Erbtheil Robert's
seinen Händen entrückt sah. Das Bureau des
Wucherers, in welchem vor Kurzem noch Alles
mit der pedantischen Pünktlichkeit des Alters
und der berechnenden Habgier geordnet gewesen
war, bot jetzt ein wüstes Bild der Verwirrung.
Die Schubladen, an welchen Herr Volz noch
vor dem Oeffnen des Schrankes seinen Diebssinn
erprobt hatte, standen offen, und ihr in den
Augen der Spitzbuben nicht brauchbarer Inhalt
lag auf dem Boden verstreut. Der erbrochene
Schrank war vollständig geleert, die inneren
Schubladen erbrochen, die Hypotheken, Sicht=
wechsel und andere nicht ohne Gefahr zu ver=
werthende Documente lagen theils zerrissen, theils
zerknittert auf der Erde. Die Lampe warf ihren
ungewissen Schein auf den gefesselten alten

Sünder und die vor ihm knieende Rächerin,
während der Fahrplan und der Steige mit von
der Arbeit geröthetem Gesicht jetzt die Zuschauer
bildeten.

Und als die Frau nun eine kurze Pause
machte, wagte der Rothe die Bemerkung: „Wollt
Ihr sonst nichts von dem Plunder, Mutter
Lenz? Es ist genug für uns Drei vorhanden,
und ich möchte ehrlich gegen Euch handeln, wie
Ihr es gegen uns gethan habt. Wir sind fertig
hier, und ich meine, wir sollten uns sobald wie
möglich aus dem Staube machen. Besser ist
besser."

„Wär's nicht gut, wenn man das alte Ge=
rippe da unschädlich machte?" fragte der Fahr=
plan. „Wer nicht plaudern kann, der kann uns
auch nicht schaden," setzte er hinzu, indem er
den Strick wieder aus der Tasche zog und eine
kunstvolle Schlinge machte, „die Sache ist im
Nu geordnet."

Frau Lenz war von dem Gegenstand ihres
Hasses einen Schritt zurückgetreten; aber kein
Mitleid, kein wiedererwachendes Gefühl spiegelte
sich in ihren Zügen; nur einer kalten, grau=
samen Gleichgültigkeit hatte die Erregung Platz
gemacht.

„Ich will nichts von dem Gelde," sagte sie
kalt, „es würde mir die Hand versengen, die
es berührte. Ich kann nichts mit diesem Men=
schen gemein haben, wär's auch nur im Hasse
und zu seinem Schaden. Macht mit ihm, was
Ihr wollt," fuhr sie nach einer Pause, während
welcher sie zu überlegen schien, fort, dann legte
sie die Bündel, welche Robert's und Eleonore's
Papiere enthielten, vor sich auf den Tisch und
setzte sich in den alten Lehnstuhl. Werner Bank
fühlte den kalten Schweiß auf der Stirne, ihm
war zu Muthe, als ob er auf's Rad geflochten
wäre und den qualvollsten Tod erleiden sollte.
Alles war ihm genommen, was ihn an's Leben
fesselte, und mit der Entdeckung seiner Unter=
schlagungen drohte man ihm auch den Schein
der bürgerlichen Ehre zu nehmen, den er bisher
trotz all' seiner Verbrechen zu wahren gewußt
hatte. Es unterlag für ihn fast keinem Zweifel
mehr, daß er seine Tage im Zuchthaus beschließen
würde, und doch klammerte er sich jetzt, da ihm
das Aeußerste drohte, mit aller Macht an dieses
elende Dasein, das noch vor wenigen Augen=
blicken selbst in seinen Augen völlig werthlos galt.
Er blickte wieder flehend zu Derjenigen auf,
welche Gewalt über die beiden Verbrecher zu

haben schien; aber er begegnete demselben starren
Blick, der im Anfang der furchtbaren Scene ihn
entsetzt hatte. In diesen Zügen lag für ihn keine
Rettung, er schloß die Augen wieder, um nicht
zu sehen, was um ihn vorging; eine Ohnmacht
befiel ihn in Folge der furchtbaren Anstrengungen
und Kämpfe, denen er im Verlauf einer kurzen
Stunde unterworfen gewesen war, aber sie war
nicht tief genug, als daß er nicht das kleinste
Geräusch im Zimmer gehört, jedes noch so leise
gesprochene Wort verstanden hätte. Der Fahrplan hatte seine Schlinge mit der Miene eines
Kenners kunstgerecht vollendet, er hielt sie eine
Weile prüfend vor sich hin. Dann beugte er
sich zu dem Alten nieder und nahm ihm die
Brille ab, als ob er sein Opfer vorbereiten
wolle; bei dieser Gelegenheit entdeckte er, daß
das Gestell derselben von Gold war, worauf es
sofort in die unergründliche Rocktasche wanderte.
Er hob jetzt das Haupt des Wucherers empor,
um die Schlinge ihm umzuwerfen, aber plötzlich
schien ein anderer Gedanke in ihm aufzusteigen.
Er ließ den Kopf wieder sinken und sagte mit
der freudigen Miene eines Mannes, der eben
eine werthvolle Entdeckung gemacht hat: „Es
wäre schade, wenn diese vollendete Spitzbuben-

physiognomie der Welt entzogen werden sollte; es
möchte ein wahrer Trost für den Inspector sein,
ein solches Galgengesicht unter seiner Obhut zu
haben."

„Du meinst, weil Du fort bist," scherzte der
Rothe; aber der Fahrplan fuhr fort, ohne auf
diesen Einwurf zu achten:

„Wie wär's, wenn wir die äußere Form zu
erhalten und ihn auf andere Weise unschädlich
zu machen suchten; wenn wir ihm zum Beispiel
die Augen operiren, daß er uns nicht wieder-
erkennen, und die Zunge, daß er nicht von uns
reden kann, wie es die Paschas im Orient
machen, damit die Diener nichts von ihren kleinen
Schwächen erzählen können?"

„Mir ist's recht," pflichtete der Rothe bei.
„Der Canaille da gönne ich Alles, was man ihr
anthun kann."

Der Fahrplan zog ein Messer aus der Tasche
und kniete nieder, um die angedeutete „Operation" zu vollziehen. Mit einer letzten Kraftanstrengung öffnete Werner Bank die bedrohten
Augen, er sah die scharfe Klinge in unmittelbarer
Nähe glänzen; der nächste Moment sollte ihn
des Augenlichts berauben. Da — wurde plötzlich
zweimal heftig an der Hausglocke gezogen, daß

es in dem großen öden Hause wiederhallte. Mit
einem Fluch warf der Fahrplan das Messer fort,
er sprang durch das zum Hofe führende Fenster,
welches gleich im Anfang als Rückzugslinie
bezeichnet worden war. Der Rothe folgte ihm
nicht, ohne vorher der Frau Lenz seine Hülfe
angeboten zu haben, die sie mit einer Handbewe=
gung zurückwies. Erst als die Beiden durch das
Fenster verschwunden waren, erhob sie sich, wäh=
rend das Läuten an der Hausthür sich immer
heftiger wiederholte. Sie neigte sich zu dem
noch immer in Todesangst schwebenden Alten
nieder und raunte ihm in's Ohr: „Werner Bank,
ich bin gerächt. Behalte Dein elendes Dasein
Dir zum Fluche, und denke bis zur letzten Stunde,
welche Dir die Pforten der Hölle öffnet, daß
ein beleidigtes Weib nie vergißt, daß verrathene
Liebe immer den Haß gebiert und nicht ruht,
bis die Rache erfüllt ist." Noch ehe der Wucherer
den Sinn ihrer Worte fassen konnte, war sie
durch die Thür, die auf den Hausflur führte,
verschwunden.

———

# 4.

## Der Freund in der Noth.

———

Miß Eleonore Warnstein befand sich während der letzten Zeit ihres Aufenthaltes in der Residenz nicht in der heitersten Stimmung. Zwar trug der Kreis der neugewonnenen Freunde nicht wenig dazu bei, sie für das Unangenehme, welches ihre Stellung mit sich brachte, zu entschädigen; aber sie konnte, aus ihrem eigentlichen Elemente herausgerissen, doch nicht die rechte Lust und Freudigkeit bewahren, welche sonst alle ihre Handlungen, alle ihre Gedanken belebt hatte. Sie fühlte es gar wohl, daß, so lieb ihr das deutsche Vaterland war, ihre eigentliche Heimath doch jenseits des Meeres lag. Sie sehnte sich danach, in der freien Welt, in der sie erzogen war, und aus der sie ihre Lebensanschauungen geschöpft

hatte, wieder die ihr gebührende Stellung ein=
zunehmen, die Thatkraft zu bewähren, welche
sie in sich fühlte, und zu deren Verwerthung
ihre weitläufigen Besitzungen ihr reichliche Ge=
legenheit boten. Vielleicht auch war in jenem
freien Lande noch ein Herz, dem sie sich trotz
all' ihrer Unabhängigkeit gefangen gegeben hatte;
denn jede Frauenseele sehnt sich doch im tief=
sten Grunde nach Anschluß an eine ihr eben=
bürtige oder überlegene Natur, und ihre in
letzterer Zeit so häufig gewordene Correspondenz
mit Amerika ließ darauf schließen, daß noch
etwas Anderes, als die Sorge um ihr Eigen=
thum, die Sehnsucht nach der andern Seite des
Oceans steigerte. Es war ihr, Alles in Allem
genommen, nicht mehr behaglich in der Residenz,
wozu wohl das ungewohnte Gasthausleben und
die mannigfachen fremdartigen Eindrücke, welchen
sie fortwährend ausgesetzt war, das Ihrige mit
beitragen mochten. Sie hatte am Morgen dieses
Tages eine lange Unterredung mit Doctor Lin=
benschmitt gehabt, die auch nicht sehr erquicklich
gewesen war, und in welcher der sonst so leben=
dige Herr recht kleinlaut zugestehen mußte, daß
er in Sachen Warnstein gegen Bank so gut wie
gar keine Fortschritte gemacht habe, außer in der

Kostenrechnung, die zu einer beträchtlichen Höhe
aufgelaufen sei. Er machte sich Vorwürfe, daß
er eine Sache übernommen habe, welcher er nicht
gewachsen gewesen sei und meinte, er eigne sich
besser zum Notariatsgeschäft, als zum Criminal=
Advocaten, weil ihn seine Lebhaftigkeit gar zu
häufig aus der Rolle fallen lasse. Eleonore suchte
zwar diese Skrupel durch freundlichen Zuspruch
zu überwinden, aber Lindenschmitt hatte sich dies=
mal, ohne seine beliebten Citate anzubringen, ver=
stimmt zurückgezogen. Bauer, der Schreiber Wer=
ner Bank's, hatte gegenüber der ängstlichen Wach=
samkeit des Wucherers bis jetzt ebenfalls so gut
wie nichts ausrichten können, und Eleonore war
fast zweifelhaft geworden, ob sie ihr hoffnungs=
loses Unternehmen noch weiter verfolgen, oder
den boshaften Gauner triumphiren lassen sollte.
Aber nein! Sie erinnerte sich, daß die Sache ein
Vermächtniß ihres Vaters war und gewissermaßen
die Glaubwürdigkeit des Verstorbenen bis zur
völligen Aufklärung in Zweifel setzte. Also durch=
geführt mußte sie werden. Nur das Wie? war
eine schwer zu beantwortende Frage, und sie zer=
brach sich stundenlang den Kopf, um einen Weg
zu suchen, auf welchem man den verstockten alten
Sünder entlarven konnte.

Zu diesen widerstreitenden Gefühlen und Sorgen war in letzterer Zeit noch ein anderes Ereigniß getreten, welches ihr Interesse in hohem Grade in Anspruch nahm.

Eine Amerikanerin, welche einen in ihrer Heimath sehr geachteten Namen trug, hatte sich an sie gewendet, erst brieflich, dann durch einen ehrwürdig und zuverlässig aussehenden ältlichen Herrn, der sich Hartmann nannte und ihre Hülfe für die leidende Landsmännin in Anspruch nahm.

Eleonore war nicht gewohnt, viel zu fragen, wenn es zu helfen galt, und so hatte sie denn, von herzlichem Mitleid für die Unglückliche erfüllt, ihr zu wiederholten Malen Unterstützung angedeihen lassen, wie sie der Augenblick zu gebieten schien.

Die Amerikanerin hatte, wie aus den Briefen und der Erzählung Hartmann's hervorging, gegen den Willen ihrer reichen Eltern einen armen deutschen Künstler geheirathet und war mit diesem in sein Vaterland zurückgekehrt, um sein Schicksal zu theilen. Er hatte fleißig gearbeitet, mit einigen Bildern auf den Ausstellungen Aufsehen erregt und war auf dem besten Wege, sich Ruhm und Reichthum zu erwerben, als er in

Folge übergroßer Anstrengung erkrankte und bald
darauf starb. Er hinterließ eine schwächliche Frau
mit einem dreijährigen Kinde mittellos im frem=
den Lande. Sie selbst war, erschöpft von den
geistigen und körperlichen Strapazen, auf's Kran=
kenlager gesunken; mit der Zeit war auch der
Mangel an sie herangetreten, dem Hartmann, der
einzige Freund ihres Mannes, bei seinen beschränk=
ten Mitteln nur nothdürftig hatte steuern können.
Ihr Stolz erlaubte ihr nicht, sich an ihre Eltern
zu wenden, nachdem diese sie verstoßen hatten,
weil sie dem Zuge ihres Herzens, dem Manne
ihrer Wahl gefolgt war. Nun hatte die Nähe
der reichen und durch ihre Wohlthätigkeit bereits
bekannten Amerikanerin im Englischen Hof, wie
Gottes sichtbare Hülfe, ihr Elend erleichtert und
wenigstens ihren letzten Tagen (denn es ging mit
ihr unfehlbar zu Ende) Ruhe und Comfort ver=
schafft.

Wie hätte ein mitleidiges, großes Frauenherz,
wie Eleonore Warnstein es besaß, sich der Theil=
nahme für so viel unverschuldetes, ja liebens=
werthes Unglück verschließen können, zumal eine
romantische Heirath dabei im Spiel war? Nur
Eins war ihr nicht recht. Die unbekannte Noth=
leidende wünschte aus Rücksicht für ihr Gefühl,

dem die Annahme der Wohlthat, selbst von so
theilnehmender Hand, doch unendliche Bitterkeit
bereitete, unbekannt zu bleiben, bis der Augen=
blick ihrer Auflösung gekommen sei, und sie, von
aller irdischen Rücksicht frei, sich aussprechen könne.
Eleonore wunderte sich zwar, daß die müde, schwer=
geprüfte Seele nicht nach weiblicher Theilnahme,
nach Trost und Thränen in der Gemeinschaft
mit einer dem eigenen Geschlechte Angehörigen
verlangte. Aber andererseits konnte sie diesen
Stolz des Unglücks recht wohl begreifen, sie
durfte ihre Gegenwart nicht aufdrängen, wo
sie nicht willkommen war, oder gar Dank=
sagungen und Demüthigungen hervorrufen zu
wollen schien.

Sie hatte daher fortgefahren, ihre Unter=
stützungen durch Hartmann zu vermitteln, welcher
sie zu diesem Zwecke, häufig allein, mitunter von
dem dreijährigen Töchterchen der Kranken beglei=
tet, das Eleonore mit mütterlicher Zärtlichkeit an
ihr liebevolles Herz drückte und mit Liebkosungen
überhäufte, zu besuchen pflegte.

Er war auch heute gekommen und bald nach=
dem Lindenschmitt den Gasthof verlassen hatte, vom
alten Jakob angemeldet worden. Sein Bericht
über den Zustand der Kranken lautete diesmal

trauriger als sonst; ihre Kräfte hatten wesentlich
abgenommen, und nach dem Ausspruche des Arz=
tes konnte es kaum noch eine Woche mit ihr
dauern. Er brachte ihr eine Bitte von Seiten
ihres Schützlings, die Eleonore bereitwillig ge=
währte, noch ehe sie ausgesprochen worden war.
Die Kranke war sich ihrer Lage bewußt, mit so
viel Schonung man sie auch zu behandeln suchte;
sie glaubte, daß der Augenblick nun bald kom=
men werde, in welchem sie ihrer Wohlthäterin
danken und zugleich von ihr Abschied nehmen
könne. Sie ließ Eleonore bitten, sie möge be=
reit sein, ihrem Boten an ihr Sterbelager zu
folgen, wenn sie die Zeit herannahen fühle, und
sich durch nichts abhalten lassen, dem Rufe zu
folgen. Das Zusammentreffen mit ihr sei der
einzige Trost, der einzige Wunsch, dem sie in
diesem Leben noch entgegensehe. Und dann ihr
Kind, ihr armes, verwaistes Töchterchen! So
sehr sie sich auch der Großmuth Eleonore's schon
verpflichtet fühlte, mußte sie doch ihre Hülfe auch
noch für die Waise in Anspruch nehmen; denn
Miß Warnstein war die einzige Person, welche
die Annäherung zwischen der Enkelin und den
Großeltern, an die sich die verstoßene Tochter
nicht wenden wollte, vermitteln konnte. Eleo=

nore versprach, daß der Bote sie zu jeder Zeit
bereit finden werde, ihre edle Pflicht zu erfüllen
und ihn an das Lager der Sterbenden zu begleiten;
ihre Thränen flossen, wie sie dem traurigen Berichte
zuhörte, und sie dankte Gott, daß er sie in den Stand
gesetzt hatte, solches Elend, wenigstens so weit
äußere Mittel ausreichten, zu lindern.

Es war begreiflich, daß sie nach all' diesen
trüben Erfahrungen sich in sehr gedrückter Stim=
mung befand. Sie empfand das Bedürfniß
nach Theilnahme und Mittheilung und ließ sich
gegen Abend von dem alten Jakob nach dem
Hause in der Kaisergasse begleiten, das sie, von
den verschiedensten Angelegenheiten in Anspruch
genommen, schon mehrere Tage nicht mehr be=
treten hatte.

Es war noch immer ein Leben stillen, emsigen
Schaffens nach außen, und ruhiger, bald hei=
terer, bald ernster schattirter Reflexion nach
innen, welches dort im obersten Stocke geführt
wurde. Nur der Doctor brachte, was er nannte,
„Leben in die Gesellschaft", wenn er in seiner
polternden, lebhaften Weise die Ereignisse von
,da draußen in der Welt" berichtete. Selbst
Robert, der gewöhnlich ernst und in sich gekehrt
und in letzterer Zeit von Hermine oft mit sor=

genden Blicken betrachtet worden war, konnte
sich häufig des Lachens über die drolligen Ein=
fälle nicht erwehren, und auch Eleonore hörte
dem Doctor dann viel lieber zu, als wenn er
über Rechtssachen sprach.

Sie fand bei ihrem Eintritt in das Wohn=
zimmer, in welchem ein leichtes Holzfeuer be=
hagliche Wärme verbreitete, die Frauen allein.
Das Geschäft des Tages war besorgt und Her=
mine mit den Vorbereitungen zu dem einfachen
Abendbrode beschäftigt, während Tante Billa
in ihrem Lehnstuhl saß und vermittelst einer
Brille die Todesfälle und Hochzeiten im Tage=
blatt studirte. Sie wurde auf's Herzlichste em=
pfangen; namentlich für Hermine, die sich durch
Robert's Abwesenheit mehr denn je beunruhigt
fühlte, war ihr Erscheinen eine wahre Herzens=
erleichterung. Sie war seit lange gewohnt, ihre
und Robert's Zukunft nur in dem Glanze zu
sehen, welcher wie ein Strahlenkreis von der
überall Wärme und Segen spendenden Persönlich=
keit ihrer amerikanischen Freundin ausging, und
es war ihr deshalb in der Nähe dieses treuen
Herzens am wohlsten. Sie schloß die Freundin,
mit der sie jetzt auch in engster persönlicher
Beziehung stand, ungestüm in die Arme, so

daß Eleonore ihr fast besorgt in die Augen
schaute.

„Warum so aufgeregt, liebes Mädchen?"
fragte sie theilnehmend. „Es ist doch nichts Un=
angenehmes vorgefallen? Meine ruhige, gefaßte
Hermine wird ja fast stürmisch in ihren Ge=
fühlsäußerungen, das muß seine besondere Ur=
sache haben."

„Ich weiß selbst nicht, was mich heute so
unruhig macht," erwiderte Hermine, während
sie der Freundin Hut und Shawl abnahm, „aber
ich kann mir nicht helfen. Robert ist schon längere
Zeit aus, und es liegt wie ein Alp auf mir,
daß ihm ein Unglück zugestoßen sein müsse.
Darum ist mir auch Dein Besuch heute so be=
sonders willkommen, denn Deine Gegenwart
übt stets einen beruhigenden und erheiternden
Einfluß auf mich aus."

Jetzt kamen auch die beiden Hausmann'schen
Mädchen herein, welche im Nebenzimmer be=
schäftigt gewesen und erst durch das lebhaftere
Gespräch von der Ankunft Eleonore's benach=
richtigt worden waren. Elise fühlte sich offenbar
durch das Bewußtsein ihrer bräutlichen Würde
gehoben; sie schien von Tag zu Tag an Anmuth
und weiblichem Zauber zuzunehmen. Mathilde

war das luftigere, aber auch das schwächere Ge=
schöpf, dem die Zunge mitunter durchging, wenn's
nicht ganz am Platze war, dem mitunter eben
so schnell die Thränen kamen, wenn Andere lachen
mußten, das aber immer das Bedürfniß fühlte,
sich an die stärkere Schwester anzulehnen.

Der Thee dampfte auf dem Tische, man schaarte
sich um die einfache Tafel, bald fand man auch
den leichteren Ton wieder, und der Ball der
Unterhaltung rollte lustig über die verschiedensten
Gegenstände, ehe eine Stunde verflossen war.
Besondere Aufmerksamkeit nahmen die Mitthei=
lungen Eleonore's über die unglückliche kranke
Landsmännin in Anspruch; nur Hermine blickte
von Zeit zu Zeit ängstlich auf die Wanduhr,
welche die Unterhaltung mit ihrem eintönigen
Tick=Tack begleitete.

Im Stock unter ihnen, wo Salomon Herz,
der brave alte Jude, welchem Lindenschmitt so
Vieles verdankte, seit langen Jahren wohnte, saß
noch ein Wesen, das Robert's wegen in Unruhe
war, das mit Angst seiner Rückkehr harrte. Der
Alte war noch nicht heimgekommen; er mußte
mitunter noch aufräumen und rechnen in seinem
Gewölbe, wenn die äußeren Laden schon lange
geschlossen waren. Er hatte, obwohl er nichts

weniger als ein Geizhals war, Freude am Gewinn
und verfolgte seinen Vortheil stets mit der seinem
Stamm eigenthümlichen Zähigkeit. Es war seine
Tochter Rebecca, welche in dem großen dunklen
Zimmer am Fenster saß, die Stirne gedankenvoll
an die Scheiben gedrückt, und auf die Straße
hinausstarrend, wo der Vollmond den Giebel des
gegenüberliegenden Hauses in dichtem Schatten
abhob. Rebecca hatte außer dem Gewölbe ihres
Vaters, dem Hause, in welchem sie wohnte, und
den nächsten Anverwandten, mit denen sie in
spärlichem Verkehr stand, wenig von der Welt
gesehen. Ihr Herz war von den Vorzügen und
äußeren Reizen der jüngeren Mitglieder der
Familie, welche sich oft um einen Blick aus den
Augen der schönen Jüdin bewarben und dabei
die Mitgift berechneten, welche der alte Salomon
leisten konnte, nicht berührt worden; ja sie hatte
kaum gewußt, daß sie ein Herz besaß, bis plötzlich
das unendlich süße und unendlich elende Gefühl
mit der Macht der Offenbarung über sie kam
und der vollen Gluth ihrer südlichen Natur die
Schleußen öffnete.

Sie hatte Robert durch Lindenschmitt und
ihren Vater kennen gelernt, von seinem Schick=
sal gehört, von seinen Leiden und Mißhandlungen,

und ihr Herz schlug schon für ihn, ehe sie ihn noch gesehen. Und als er zum ersten Mal in's Haus getreten war, der große, schöne Mann mit dem freien, edlen Gesicht und dem reichen blonden Lockenhaar, da hatte sie auf dem Vorplatz gestanden und ihn, selbst ungesehen, beobachtet; da mit einem Mal löste sich ihr lange verhaltenes Gefühl, und es ging ihr wie ein Stich durch's Herz, als sie von dem oberen Stock aus Hermine's Freudenschrei hörte. Seitdem hatte sie fast jeden seiner Schritte im Auge behalten; sie führte gewissermaßen Tagebuch über alle seine Bewegungen in ihrem Herzen; aber nie kam eine Andeutung von dem, was in demselben vorging, über ihre Lippen. Sie litt und liebte stumm, und so saß sie auch an jenem verhängnißvollen Abend am Fenster, die Seele von bangen Ahnungen gefoltert.

Es war schon spät geworden in dem kleinen Kreise, und immer noch wartete man vergebens auf Robert's Rückkehr.

Eleonore wollte die Freundinnen nicht verlassen, ehe sie über sein Schicksal beruhigt waren, denn Aller hatte sich das ängstliche Gefühl bemächtigt, daß ihm etwas Besonderes zugestoßen sein müsse.

Der Doctor war schon längst zu Hause; er
hatte Robert in einem Weinhause gesucht, in
dem sie mitunter Abends, wenn die Todtenschale
nicht benutzt wurde, einige Stunden zuzubringen
pflegten. Am liebsten und behaglichsten war's
ihnen Allen freilich daheim; und zu diesem Da=
heim flohen sie, wie zu einem sichern Hafen,
wenn des Lebens Unannehmlichkeiten und Sorgen
von außen an sie herantraten.

Um so unbegreiflicher erschien daher dieses
ungewöhnliche Ausbleiben. Die Unterhaltung
stockte, und zuletzt trat eine unheimliche, erwar=
tungsvolle Stille ein, während der Jeder mit
seinen eigenen Gedanken und Befürchtungen zu
Rathe ging.

Hermine's Herz schlug ungestüm in banger
Ahnung, und unablässig glitten ihre Blicke zu dem
Zifferblatt der großen Wanduhr hinüber, auf
welchem sie die Secunden und Minuten zählte.

Da endlich erschollen von der Straße herauf
hastige Schritte. Alle fuhren in die Höhe, und
lauschend vernahmen sie, daß Jemand die Treppe
heraufstürmte, wie wenn er verfolgt wäre oder
von einem inneren Sturm gewaltsam fortge=
schleudert würde. Der Doctor öffnete die Thür,
aber Robert eilte sogleich in sein Zimmer, ohne

ben gaſtlichen Lichtſtrahl zu bemerken und begann mit ſtarken Schritten auf und nieder zu
ſchreiten.

Hermine wollte ihm nacheilen; aber Lindenſchmitt verhinderte ſie daran.

„Um Gottes willen, laſſen ſie mich; es muß
Entſetzliches geſchehen ſein!" rief, bleich wie der
Tod, die Geängſtigte, indem ſie ſich dem Doctor
zu entwinden ſuchte.

„Laſſen Sie mich zuvor allein mit ihm reden,"
bat der Doctor; „es wird weiter nichts ſein,
als die gewöhnliche Aufregung, welche ich in
neuerer Zeit häufig an ihm bemerkt habe. Es
iſt beſſer, wenn man ihn darin nicht ſtört; ich
bringe Ihnen ſogleich Nachricht."

Damit eilte er zu Robert hinüber, der noch
immer im Dunkeln auf und nieder ſchritt.

„Was iſt vorgefallen, alter Junge?" fragte
er mit erkünſteltem Humor, wie um ſich ſelbſt
Muth zur Bekämpfung ſeiner böſen Ahnungen
zu machen. „Es muß ſehr düſter in Dir aus-
ſehen, da Du nicht einmal zu bemerken ſcheinſt,
daß kein Licht im Zimmer brennt," fügte er
hinzu, indem er ein Streichhölzchen anbrannte
und die Lampe anzündete. „Die Nacht iſt keines
Menſchen Freund... So; und nun ſage mir,

was Dir begegnet ist... Du siehst ja aus, als
hätteſt Du Jemanden umgebracht, und die Frauenzimmer ängſtigen ſich zu Tode, wenn Du nicht
gleich hinübergehſt und ſie zu beruhigen ſuchſt."

Robert ſah in der That ſehr aufgeregt aus.
Er war, nachdem er Pollmann's Wohnung ver-
laſſen hatte, durch die Straßen geſtürzt, ohne
Ziel und Zweck; erſt durch die Anrede des Doc-
tors ſchien er aus ſeinem Brüten zu erwachen.
Er ſtellte ſich ihm gegenüber und ſtrich das
wirre Haar von der Stirne, wie wenn er ſeine
Gedanken zu ſammeln ſuchte.

„Seh' ich wirklich ſo aus?" ſagte er mit
einer Stimme, die nicht geeignet war, die Befürchtungen des Doctors zu zerſtreuen. „Nun,
es iſt nahe daran vorbeigegangen, und es würde
nicht meine Schuld geweſen ſein, wenn es wirklich
dazu gekommen wäre. Wer weiß, was mir noch
bevorſteht!"

„Um Gottes willen ſprich, was iſt geſchehen?"
rief Lindenſchmitt beſtürzt. „Sprich nicht in
Räthſeln, ſondern klar und grade heraus."

„Ich bin mit Pollmann zuſammengetroffen,"
erwiderte Robert; „ich habe mit dieſen Händen
ſeine Kehle umfaßt, ohne ihn zu erwürgen; Du
ſiehſt alſo, daß ich mehr Selbſtbeherrſchung habe,

6*

als Du mir zutraust. Aber ich habe auch den
Namen des Schurken erfahren, welcher sich an
Hermine vergreifen wollte, und ob mich bei
diesem Schurken die Fassung nicht im Stich
läßt, kann ich jetzt noch nicht beurtheilen."

Der Doctor schloß die Stubenthür, welche er
in der Eile des Eintretens offen gelassen hatte,
rückte zwei Stühle an den mit Büchern bedeckten
Tisch und ging dann an den Schrank, aus welchem
er seine Golgathaschale hervorholte. Er füllte
dieselbe und reichte sie Robert mit den Worten:
„Trink und erhole Dich, und dann erzähle mir
die ganze Geschichte ruhig von Anfang bis zu
Ende. Wir wollen dann sehen, was zu machen ist."

Robert trank und fühlte sich neubelebt. Er
bedurfte der Stärkung, denn die furchtbare Auf=
regung der letzten Stunde, verbunden mit der
körperlichen Anstrengung, welche dieselbe ihm
auferlegte, hatte ihn völlig erschöpft. Dann ließ
er sich dem Doctor gegenüber nieder und erzählte
sein Abenteuer mit Pollmann, nicht ohne öftere
leidenschaftliche Ausbrüche; denn seine innere
Bewegung war eine zu tiefe, als daß er ihrer
so bald hätte Herr werden können. Er war noch
nicht zu Ende, als die Thür sich wieder öffnete,
und Hermine, der die Angst um den Geliebten

keine Ruhe ließ, hereinstürzte und sich an die Brust Robert's warf.

Bei dem Anblick der Aufregung, in der er Hermine sah, wurde Robert wieder ruhiger. Er erkannte jetzt, daß er durch sein Benehmen ge= rade Denen den meisten Kummer, die meiste Un= ruhe bereitet, welche er gern vor jedem rauhen Zugwind des Lebens geschützt hätte. Sein Rache= bedürfniß, die Wuth über den Buben, der sein ganzes Lebensglück zerstören wollte, hatte ihn bisher keine nüchterne Ansicht fassen, keinen klaren Einblick in die gefährliche Lage gewinnen lassen, in welche er gerathen war.

In bruchstückweiser Erzählung wiederholte Robert, nur mit den Veränderungen, welche sein Zartgefühl ihm eingab, die Ereignisse in Poll= mann's Wohnung, und er konnte sich nicht ver= hehlen, daß nun Maßregeln ergriffen werden mußten, sich vor den Verfolgungen Pollmann's zu schützen. Nach und nach hatten sich auch die übrigen Frauen in der Junggesellenklause des Doctors eingefunden und sich unbewußt zum Schiedsgericht aufgeworfen, welches Robert's nächstes Handeln bestimmen sollte.

„Habe ich Dir's nicht oft gesagt," polterte Lindenschmitt, „Du bist zu heftig und willst

beffern, was nun einmal nicht zu beffern ift.
Du willft mit dem Kopf durch die Wand und
haft Dich dabei felbft wieder in den Sumpf ge=
ritten. Was zum Henker zwingt Dich denn, mit
den aalglatten Halunken anzubinden, denen
nichts anzuhaben ift, wenigftens nicht auf diefem
Wege?"

Es war ergötzlich, wie der kleine Herr, dem
felbft die Zunge fortwährend mit dem Verftande
durchging, eine Vorlefung über die Mäßigung
hielt, und die Zuhörer, felbft Robert, konnten
fich, troß der ernften Situation, eines Lächelns
nicht erwehren. „Lacht das Volk auch noch!"
fuhr er halb zornig fort, „wo es fich um fo
große Dinge handelt. Pollmann wird fofort
Anzeige machen und unfern jungen Freund des
nächtlichen Einbruches befchuldigen! Leider muß
ich geftehen, daß Robert's Verfahren einem folchen
nach allen Regeln des Gaunercoder ungemein
ähnlich fieht. Die nächfte Folge wird feine Ver=
haftung fein, und das wäre, felbft wenn fich
die Sache fpäter zu feinen Gunften aufklären
follte, das Schlimmfte, was ihm jetzt begegnen
könnte."

„Sie müffen fliehen, Robert, und zwar fo=
gleich, noch heute Nacht," beftätigte Eleonore,

welche der Erzählung mit gespannter Aufmerk=
samkeit gefolgt war. „Sie müssen alle anderen
Rücksichten schweigen lassen und jetzt nur daran
denken, sich Ihrer Braut und deren Zukunft zu
erhalten."

„Fliehen!" rief Robert bitter. „Soll es denn
immer mein Loos sein, mich vor Verbrechern
fürchten zu müssen und selbst den Schein des
Verbrechens auf mich zu laden? Ich bin im
Recht, im heiligsten Recht, und ich will sehen,
ob die Welt wirklich so schlecht geworden ist,
wie man sagt. Das Gesetz — "

„Aber hast Du denn nicht gerade am schmerz=
lichsten erfahren, welcher Unterschied zwischen
Gesetz und Recht ist?" unterbrach ihn Linden=
schmitt.

„Nun, so will ich durch das Gesetz untergehen,
wenn es sein muß," rief Robert, „aber nicht
ohne harten Kampf, ich verkrieche mich nicht
wieder."

„Und was wird aus mir, aus uns?" sagte
Hermine traurig, indem sie ihn vorwurfsvoll
mit ihren thränenschweren Augen anblickte und
sich inniger an ihn schmiegte.

„Es ist ja nur auf kurze Zeit," beschwichtigte
Eleonore. „Sie sollen nicht fliehen, sondern

nur an einem sichern Orte abwarten, wie weit
die Machinationen Ihrer Feinde Ihnen schaden
können. Ich hoffe, wir werden Mittel finden,
sie zu entlarven. Ich müßte mich sehr irren,
wenn die Verbrecher, obwohl sie jetzt noch zu
triumphiren scheinen, nicht nahe am Ende ihrer
Laufbahn angelangt wären. Es giebt gewisse
Zeichen für derartige Katastrophen, welche, so
wenig man sie sich erklären kann, doch nicht
weniger zuverlässig sind."

Tante Billa versuchte auch ihren Einfluß auf
Robert's Entschluß geltend zu machen, und zwar
um so bringender, als sie voraussah, daß in
diesen Machinationen ihr Bruder, Hermine's
Vater, wieder eine keineswegs beneidenswerthe
Rolle spielen würde.

Er hatte einen harten Kampf zu bestehen,
um seine Selbstachtung, welche ihm gebot, den
Schurken die Stirne zu bieten und seinen Rache-
durst, der durch die theilweise Befriedigung nur
an Schärfe gewonnen hatte, den Forderungen
der Vernunft und den Mahnungen der Liebe
unterzuordnen. Er konnte sich nicht zu einer
Flucht entschließen, die in den Augen der Welt
als Zugeständniß eines Verbrechens erscheinen
mußte, das er nie begangen hatte, und er wollte

eben diese Einwendungen erheben, als eine neue
Erscheinung seine Aufmerksamkeit in Anspruch
nahm. Es war Salomon Herz, der auf der
Schwelle stand, sein Sammetkäppchen in der
Hand haltend. „Sie müssen fort, junger Mann,
augenblicklich fort," sagte er in dringendem, aber
leisem Tone. „Ich weiß Alles, meine Rebecca
hat's gehört und mir Alles erzählt, und das
Uebrige habe ich bereits da unten erfahren. Das
Haus wird bewacht, weil man auf Sie wartet
und Sie noch nicht angekommen glaubt. Gott
meiner Väter! Ich weiß, Sie sind unschuldig
wie das neugeborene Lamm; aber der Wolf steht
vor der Thür, und da gilt kein Warten. Ich lasse
Sie durch eine Seitenthür hinaus in's nächste
Haus, wo mein Gewölbe ist. Sie nehmen
meinen Mantel und eilen auf den Bahnhof
und mit dem nächsten Zuge nach Hamburg.
Hier sind Briefe an meinen Freund Aaron
Hirsch, hier ist Geld. Sie können ihm ganz
vertrauen, bei ihm sind Sie sicher; aber jetzt
nur schnell fort; denn jeder Augenblick kann
Gefahr bringen."

Alle waren so überrascht von der ungewöhnlichen Erscheinung und dem unerwarteten Antrag des Alten, daß einige Secunden verflossen,

ehe Jemand antwortete. Hermine umschlang Robert leidenschaftlich und flüsterte ihm zu: „Thu's um meinetwillen, um unserer Zukunft willen." Der Doctor, Eleonore und die Anderen drangen in ihn, und in wenigen Minuten sah sich Robert, fast gegen seinen Willen, nachdem er die Geliebte nochmals an's Herz gedrückt und hastig von den Anderen Abschied genommen hatte, in den Mantel des alten Salomon gehüllt und mit dessen hoher Mütze auf dem Haupte in dem dunklen Gewölbe, aus welchem er auf die Straße treten sollte, um die Flucht anzutreten. „Und welchem Umstande verdanke ich diese aufopfernde Theilnahme für einen Fremden, diese uneigennützige Aufopferung?" fragte Robert, im Begriff, das Gewölbe zu verlassen. „Ich habe in der Aufregung noch nicht einmal Zeit gehabt, Ihnen zu danken."

„Was Wunder, wenn Einer etwas Gutes thut, ohne Profit dabei zu machen," erwiderte Salomon. „Was ich thu' für Euch, thu' ich aus gutem Herzen, weil ich weiß, Ihr seid ein braver Mensch und in den Klauen Eurer Feinde, und," setzte er mit etwas zögernder Stimme hinzu, „und — mein Kind, die Re=

becca, hat's so gewollt; gedenkt ihrer in Freund=
lichkeit.“

Im nächsten Augenblick befand sich Robert
auf der Straße; die letzten Worte des Juden
klangen ihm seltsam in den Ohren.

———

## 5.
## Nach der Katastrophe.

Franz Pollmann war an diesem Abend der Retter Werner Bank's gewesen. Er war sofort nach dem Auftritt mit Robert hierher geeilt, um mit dem Alten die Vortheile zu berechnen, welche dieses Ereigniß in sich schloß, und dann vor allen Dingen der Polizei Anzeige zu machen.

Es überraschte ihn, noch so spät Licht im Bureau des Alten zu sehen, welches durch die Ritzen der geschlossenen Laden schimmerte, aber seine Ueberraschung wuchs, als ihm auf sein mehr=maliges Schellen keine Antwort wurde. Er wußte, daß Werner Bank noch in seinen Papieren kramte und ärgerte sich über das Mißtrauen des Alten, dem allein er das Zögern zuschrieb. Endlich erlosch das Licht im Bureau, die Thür wurde

geöffnet, aber der Hausgang war nicht erleuchtet,
und gerade als er eintrat, huschte Jemand an ihm
vorbei, welcher die schwere Hausthür hinter sich
zuwarf. Er war zweifelhaft, was er thun, ob
er der Person nacheilen oder zuerst im Hause
nachsehen sollte, was vorgefallen sei, denn daß
etwas Außerordentliches vorgefallen sein mußte,
war ihm jetzt zur Gewißheit geworden. End=
lich entschloß er sich für das letztere; langsam
und vorsichtig schritt er auf die Thür des Bu=
reaus zu. Er stolperte über ein Hinderniß, und
als er sich niederbeugte, fühlten seine Hände
die Formen eines menschlichen Körpers. Ihn
schauderte bei dem Gedanken, daß es eine Leiche
sein könne, und es wandelte ihn Furcht an vor
dem, was sich seinem Blicke im Innern des
Zimmers, in welchem das Licht gebrannt hatte,
darbieten möchte. Er zündete Licht an mit
dem Wachsfeuerzeug, das er stets bei sich in
der Tasche zu tragen pflegte, und fand die alte
Martha gefesselt am Boden liegen; die Stricke
waren mit wenigen Schnitten gelöst, der Kne=
bel entfernt, und Pollmann eilte weiter, ohne
sich Zeit zum Fragen zu lassen. Welche Scene
ihn im Innern der Schreibstube erwartete,
wissen wir bereits. Der Wucherer war der furcht=

baren Aufregung, welche während der Katastrophe
alle seine Kräfte auf's Aeußerste angespannt
hatte, erlegen und lag ohnmächtig in seinen
Fesseln am Boden. Im erften Augenblick glaubte
Pollmann ihn todt, aber als er an den leifen
Athemzügen erkannte, daß das Leben noch nicht
entflohen war, löfte er die von den Händen des
Fahrplan fo kunstvoll verschlungenen Stricke,
richtete ihn auf und fetzte ihn mit nicht geringer
Kraftanstrengung auf den Lehnfeffel, den noch
vor Kurzem Mutter Lenz eingenommen hatte.
Auch die alte Magd hatte sich wieder aufgerafft
und bemühte sich mit ihm, dazwischen über ihre
eigenen Schmerzen jammernd, ihren Herrn in's
Leben zurückzurufen. Unterdeffen hatte Pollmann
einen prüfenden Blick durch das Zimmer geworfen.
Es war leicht zu erkennen, was hier vorgegangen
war; der geöffnete Schrank, die herumgeftreuten
Papiere, die Unordnung, welche überall hervor=
trat, erzählten ihre Geschichte nur zu deutlich.
Sein nächfter Gedanke war an Robert. Aber der
konnte es nicht gewesen fein; denn es waren erft
wenige Minuten her, feitdem er felbft den Händen
dieses Todfeindes entronnen war, und die Arbeiten
hier hatten offenbar längere Zeit in Anspruch
genommen. Dann auch mußte er zugeftehen,

daß er an eine Betheiligung Robert's an dem
Raube nicht glaubte. Wider Willen mußte er
der edleren Natur seines Gegners Gerechtigkeit
widerfahren lassen, aber zugleich stieg in ihm
der Gedanke auf, daß alle Umstände zusammen-
trafen, um Robert im schlimmsten Lichte erscheinen zu lassen und ihn unter noch schwererer
Anklage, als die erste, in die Mauern des Zuchthauses zurückzuführen. Er musterte das Innere
des Schrankes. Das Geld war herausgenommen,
aber von den Papieren Alles, was nicht sofort
verwerthet werden konnte, unversehrt zurück-
geblieben. Er sah, daß die Summe, welche der
vorsichtige Alte verloren hatte, lange nicht so be-
deutend war, wie er im ersten Augenblicke annehmen zu müssen glaubte. Wenigstens war
noch genug übrig geblieben, um in seinen Plänen
mit Werner Bank keine Veränderung eintreten
zu lassen. Ueber die Einbrecher selbst hatte er
nicht die geringsten Zweifel, er erwartete mit Un-
geduld den Augenblick, in welchem der Wucherer
seine Besinnung wiedererlangen und im Stande
sein würde, die weiteren Maßregeln mit ihm
zu berathen. Dann fiel sein Blick auf den
Tisch, auf dem Frau Lenz in der Eile der Ueberraschung die beiden Bündel Papiere zurück-

gelassen hatte, welche die Aufschriften „Robert Volkmann" und „Warnstein" trugen und ihr von den Händen des Rothen übergeben worden waren. Er nahm sie in die Hand, um sie näher zu betrachten; aber in demselben Augenblicke schlug der Wucherer die Augen wieder auf und stürzte trotz seiner Schwäche mit einem durchbringenden Schrei auf ihn zu.

„Sie sind mein!" rief er mit heiserer, angsterfüllter Stimme, indem er ihm die Bündel aus den Händen riß und sie in seiner Tasche zu verbergen suchte. „Wollen auch Sie mich morden und berauben? Sind Sie gekommen, um mir das Letzte zu nehmen?" Er brach in ein krampfhaftes Weinen und Schluchzen aus und sank in seinen Lehnstuhl zurück, ängstlich die Taschen mit den Händen bedeckend, in welchen er die kostbaren Papiere verborgen hatte. Mit Verachtung betrachtete selbst Vollmann die jämmerliche Figur, welche in ihrer völligen Hülflosigkeit nichts Versöhnendes bot und nur Ekel einflößen konnte. „Vor allen Dingen lassen Sie das Heulen," sagte er barsch, „benehmen Sie sich nicht wie ein Kind, damit wir sehen, was zu thun ist. Von Ihrem Plunder mag und will ich nichts; ich habe Ihnen schon ein= für allemal erklärt, daß ich mit diesen Geschichten nichts zu thun haben will. Ich bin anderer Sachen wegen hierher gekommen, die, obwohl mich das, was ich hier finde, im höchsten Grade überrascht, doch dadurch keine Veränderung erfahren, ja eher gefördert werden."

„Jammermann!" fuhr er fort, als der Wucherer sich noch immer nicht aus seiner Verzweiflung emporraffen konnte, „jetzt heißt es handeln. Mit den paar Tausend Thalern, welche die Schelme Euch genommen haben, ist nicht so viel verloren. Denkt an das, was Euch bevorstand, wenn nicht der Zufall, oder vielmehr mein rechtzeitiges Eintreffen Euch die Papiere erhielt, die Ihr da so ängstlich in den Klauen haltet. Jeder Augenblick bringt Gefahr und verringert unsere Aussicht auf das Wiedereinfangen unseres Vogels, dem in letzter Zeit die Flügel zu sehr gewachsen zu sein scheinen."

„Sie haben Recht, Pollmann," sagte der Alte mit zitternder Stimme, dem sich jetzt die Nothwendigkeit, Vorsichtsmaßregeln gegen weitere Entdeckungen zu treffen, unabweislich aufdrängte. „Sie haben mir zwar viel, sehr viel genommen, viel mehr, als sie glauben; aber sie können mir noch mehr nehmen, und vor allen

Dingen müssen wir das in Sicherheit bringen.
Pollmann, helfen Sie mir," fuhr er fort, indem
er seine Hände zu erfassen und einen vertrauten
Ton anzuschlagen versuchte; „Sie sind mein
Freund, mein einziger Freund, auf den ich mich
verlassen kann. Nicht wahr, Pollmann, Sie ver=
lassen mich nicht, Sie meinen's gut mit mir?"

„Zum Teufel mit dem Gewinsel!" erwiderte
Pollmann abwehrend. „Wir Beide sollten wissen,
wie wir mit einander stehen, und nicht versuchen,
uns zu belügen; wir haben einander nichts vorzu=
werfen und trauen einander nicht weiter, als
wir müssen." Damit begann er, die umher=
liegenden Papiere zu sammeln und zu glätten,
während der Wucherer sie einzeln prüfte und
wieder in die Fächer legte, bis die Ordnung
wenigstens äußerlich wieder hergestellt schien. Erst
als die äußere Thür des schweren Schrankes, die
unversehrt und an welcher der Schlüssel hängen
geblieben war, wieder in's Schloß fiel, schien
Werner Bank seine Fassung wiedergefunden zu
haben. Er setzte sich auf seinen Lehnstuhl und
blickte Pollmann fragend an, als ob er von ihm
Auskunft und Rettung aus seiner schlimmen
Lage erwarte.

„Was sagten Sie da von dem Vogel, dem

die Flügel zu stark werden und den wir wieder
einfangen wollten?" fragte er lauernd. „Ja,
ja, er muß wieder in den Käfig, denn die Frei=
heit ist nicht zuträglich für ihn! Aber er war
nicht dabei; er selbst hat nichts damit zu schaffen
gehabt."

„Schwachkopf!" sagte Pollmann verächtlich.
„Die Zeit verrinnt mit Euren kindischen Gril=
len. Ihr werdet schwören, daß Robert Volk=
mann unter den Einbrechern war, Euch beraubt
und Euer Leben bedroht hat; die alte Martha
hat im Dunkeln Niemanden gesehen und kann
Alles, was wir sagen, mit gutem Gewissen be=
stätigen. Ich selbst war heute von ihm bedroht
und habe wahrlich keine Lust, mich in Zukunft
derartigen Begegnungen auszusetzen; ich mußte
ihm, um mit heiler Haut davon zu kommen, Sän=
ger's Namen nennen und die Rolle beschreiben,
welche er in der interessanten Affaire mit Ihrem
Fräulein Tochter spielte. Nun ist das junge
Blut wüthend und will Sänger umbringen.
Es ist eigentlich schade, daß wir ihn nicht so lange
frei lassen können, bis er diesen löblichen Vorsatz
ausgeführt hat; aber es wird sich schwerlich
machen lassen, denn es ist Gefahr im Verzuge."

„Ja wohl, Gefahr im Verzuge," wiederholte

7*

der Wucherer, der die Worte Pollmann's wie
ein Evangelium von dessen Lippen zu saugen
schien, und in dem jetzt der alte Haß mit dop=
pelter Stärke erwachte; „dann sind wir frei
und brauchen nichts wieder herauszugeben. Sie
sollen's nicht bereuen, Pollmann, was Sie für
mich gethan haben, nicht bereuen.''

„Ich werde sogleich die Anzeige machen und
seine Verhaftung veranlassen,'' fuhr Pollmann
fort, indem er sich erhob. „Dann wird wohl
auch die Amerikanerin, für die mein Project
noch nicht ganz zur Reife gediehen ist, mürbe
werden und in ihrem Eifer um die väterlichen
Coupons, die Ihr da wieder im Schrank ein=
geschlossen habt, etwas erkalten. Lindenschmitt
hat wieder genug zu thun mit den Klageliedern
über seinen „unglücklichen Freund'', kurz, wir
haben freie Hand nach allen Seiten hin, und
ein günstiger Zufall hat uns mit einem Male
gewährt, wonach wir so lange vergebens trach=
teten. Dann aber, Alter,'' fügte er hinzu,
„kommt die Abrechnung, und diesmal will ich
schon dafür sorgen, daß sie ehrlich geordnet
wird.''

Mit diesen Worten verließ er das Haus,
ohne zu ahnen, daß der, den er so glühend

haßte, und den er nun vernichten zu können
glaubte, bereits gute Freunde gefunden und
sich durch die Flucht der ihm drohenden Gefahr
entzogen hatte.

————————

## 6.

### Ein verhängnißvoller Brief.

Seit dem Einbruch bei Werner Bank, welcher schon seit mehreren Tagen die Residenz in Auf= regung versetzt hatte, war die Mutter Lenz aus ihrem Häuschen in der Vorstadt verschwunden. Die schöne Rosa, ihre Tochter, hatte ebenfalls das Café verlassen, zum großen Bedauern ihrer vielen Verehrer, und sich einem zurückgezogenen Leben hingegeben. Sänger's Besuche waren wieder häufiger, sein Benehmen wieder aufmerksamer geworden in letzterer Zeit; sei es nun, daß ihn wirklich das schöne Mädchen fesselte, oder daß er ihrer Thätigkeit und Mithülfe zu einem be= sondern Zwecke bedurfte. Vielleicht war beides der Fall, und das thörichte Mädchen, das sich ihm so leichtsinnig hingegeben hatte, ließ sich

nochmals willenlos von ihm leiten. Sänger's
Verhältniſſe waren, wie die ſeines Freundes Poll=
mann, auf dem bisherigen Schauplaß ſeiner
Thaten in ſo hohem Grade zerrüttet, daß eine
Luftveränderung im höchſten Grade wünſchens=
werth erſchien. Er hatte der ſchönen Roſa, die
troß ſeiner wenig anziehenden Perſönlichkeit noch
immer an ihm hing und ſich die tiefe Erniedrigung
der Erkenntniß ſeines eigentlichen Charakters
inſtinctiv zu erſparen ſuchte, feſt verſprochen,
mit ihr nach Amerika zu gehen und ihr dort
ſeine Hand am Altare zu reichen, wenn ſie ihm
behülflich ſein würde, die dazu nöthigen Mittel
herbeizuſchaffen. Dies hatte Pollmann über=
nommen, und zwar durch ſyſtematiſche Ausbeu=
tung Eleonore Warnſtein's von Seiten der kranken
Amerikanerin, deren Rolle die ſchöne Roſa ohne
Bedenken übernahm, in dem feſten Glauben,
daß außer der Gelderpreſſung durchaus nichts be=
zweckt werde.

Sie hatte ſich unter dem Namen jener fingirten
Amerikanerin ſchon vor einigen Wochen in einem
abgelegenen, meiſtens von Arbeiterfamilien be=
völkerten Stadttheil eingemiethet, in ihrem
Schlupfwinkel fand Sänger ebenfalls Schuß vor
den immer ungeſtümer werdenden Gläubigern,

und Pollmann fand sich oft in der Dämmerung
ein, um mit den Beiden zu berathen. Hier auch
hatte nach jener Katastrophe im Hause des Wucherers Frau Lenz eine Zuflucht gefunden. Ueber
ihren Hausrath in der Vorstadt hatte sie bereits
früher verfügt, so daß ihre plötzliche Entfernung eigentlich Niemand befremden konnte.
Der Wucherer hatte sonderbarer Weise nichts
über ihr plötzliches Erscheinen und ihren An-
theil an dem Einbruch ausgesagt, und sie selbst
schien, obwohl sie sich nicht gerade der Aufmerksamkeit der Polizei aufdrängte, kein besonderes
Gewicht auf die Verbergung ihres Aufenthalts-
ortes zu legen.

In letzterer Zeit waren die Besuche des Herrn
Pollmann häufiger geworden, die große Sterbe-
scene wurde vorbereitet. Rosa wußte von den
Absichten der beiden Halunken weiter nichts, als
daß es sich um Erpressung einer bedeutenden
Geldsumme, zur Bestreitung der Auswanderungs-
kosten, handle. Selbst Sänger war nicht weiter
in Pollmann's Pläne eingeweiht, als dieser für
gut befunden hatte. Er würde sich wahrscheinlich
nicht mit so großem Eifer an dem Bubenstück
betheiligt haben, wenn er gewußt hätte, wie
wenig sein Freund und Gefährte daran dachte,

ihn vor dem Zuchthause oder gar noch schlim=
merer Strafe zu schützen.

Der Einbruchsversuch bei Werner Bank hatte,
wie gesagt, in der Stadt großes Aufsehen er=
regt, und kein Mensch zweifelte daran, daß
Robert der Hauptanstifter und Theilnehmer an
demselben gewesen sei. Die Sache lag ja gar zu
klar auf der Hand, und namentlich der Staats=
anwalt, welcher schon in dem früheren Processe
Robert in seiner ganzen unergründlichen Schlech=
tigkeit und Verkommenheit erkannt und durch
sein Vorurtheil nicht wenig zu dessen Verur=
theilung beigetragen hatte, freute sich darüber,
daß seine Ansichten durch diesen handgreiflichen
Beweis bestätigt wurden. Der junge Mann
hatte durch sein wüstes Leben den größten Theil
seines Vermögens vergeudet, das Zuchthaus, der
Verlust der bürgerlichen Ehre hatten ihm den
letzten Rest der Selbstachtung, den letzten sitt=
lichen Halt genommen; von der Gesellschaft, deren
er sich unwürdig bewiesen, war er ausgestoßen
worden; was lag daher näher, als daß er sich
an dieser Gesellschaft zu rächen und zunächst
seinen Vormund, den er der ungerechten Ver=
waltung der ihm anvertrauten Summen be=
schuldigte, zu berauben suchte? Werner Bank's

Rechnungsablage war dagegen in aller Form
Rechtens erfolgt und vom Nachlaßgerichte ge=
nehmigt und bestätigt worden; es lag also nicht
der leiseste Schatten eines Verdachts gegen seine
Ehrlichkeit in diesem Falle vor. Der Wucherer=
schwur, daß Robert einer der Verbrecher gewesen
sei, welche in sein Haus eingedrungen seien, ihn
beraubt hätten und ihn ermordet haben würden,
wenn Pollmann's zufälliges Erscheinen sie nicht
daran gehindert hätte. Die alte Martha, welche
in dem dunklen Hausflur gelegen hatte und vor
Angst mehr todt als lebendig gewesen war, be=
stätigte Alles, was ihr Herr vorbrachte, und
Pollmann's Bericht von dem Zustande, in welchem
er das Haus des Wucherers mit seinen Be=
wohnern gefunden, war natürlich nur geeignet,
das Erschwerende des Verbrechens zu erhöhen.
Der Besuch, welchen Robert in der Stunde des
Einbruchs Pollmann in seiner Wohnung ab=
gestattet hatte, und den dieser zuerst zur Grund=
lage eines Criminalverfahrens hatte machen
wollen, wurde verschwiegen, da der Einbruch
selbst einen viel günstigeren Anlaß zu einem
solchen gab.

Sein gleichzeitiges Verschwinden mit den bei=
den Vagabunden, welche im Zuchthause seine

Genossen gewesen waren, beseitigte den letzten
Zweifel, und Lindenschmitt's Protest, welcher die
Sache nach Robert's eigenem Berichte erzählte,
verhallte ungehört. Ja, man betrachtete den
kleinen Doctor sogar mit mißtrauischen Augen
und ließ nicht undeutlich durchblicken, daß er
sich der Betheiligung an jenem Verbrechen schuldig
mache, wenn er durch Verdrehungen und Ent=
stellungen der Wahrheit die Schuld von dem
wirklichen Verbrecher abzuwälzen suche.

Auf Robert und seine beiden Gefährten wurde
mit dem größten Eifer gefahndet, zumal jetzt
hier und da Beweise zum Vorschein kamen, daß
er auch nach seiner Entlassung aus dem Zucht=
hause mehrfach im Verkehr mit denselben gestan=
den hatte.

Diese Nachricht, welche am Tage nach Robert's
Flucht in allen Zeitungen der Residenz zu lesen
war, und zwar mit Entstellungen, welche ihn als
den schwärzesten und undankbarsten Verbrecher,
den Rothen und den Fahrplan als verhältniß=
mäßig harmlose, verführte Subjecte hinstellten,
mußten in dem Kreise Tante Villa's die größte
Bestürzung hervorrufen. So sehr auch Alle von
seiner Unschuld an diesem Verbrechen überzeugt
waren, so mußten sie doch zugestehen, daß der

Schein seinen Feinden wieder einmal Waffen
in die Hand gegeben hatte, gegen die sich auch
mit dem festesten Rechtsbewußtsein nichts machen
ließ. Sie mußten also bei weiterer Ueberlegung
noch das Schicksal preisen, welches Robert zur
rechten Zeit durch Vermittelung des alten Salomon Herz zur Flucht verholfen hatte; denn wenn
er sich auch nur für eine kurze Zeit den unmittelbaren Folgen dieser furchtbaren Combi-
nationen entziehen konnte, so war wenigstens
noch Hoffnung auf spätere günstigere Enthüllungen vorhanden. In Hamburg, wo er bei
Salomon's Freunde unter fremdem Namen auf-
treten sollte, und wo er der strengsten Ver-
schwiegenheit gewiß war, konnte er allem An-
scheine nach in sicherem Versteck dem Verlaufe
der Ereignisse zuschauen. Die größere Gefahr
lag freilich in ihm selbst, man mußte fürchten,
daß er es nicht ertragen werde, seinen Namen
zum zweiten Mal vor der Welt gebrandmarkt
zu sehen, ohne wenigstens einen Versuch zu machen, sich zu vertheidigen und das Verbrechen auf
dessen eigentliche Urheber zurückzuführen. Wie
schwer war es schon gewesen, ihn zur Flucht zu
bewegen, als es sich nur darum handelte, der
Rache Pollmann's aus dem Wege zu gehen! Würde

er es ertragen, sich vor allen ehrlichen Leuten des
Raubes, ja des versuchten Raubmordes angeklagt
zu wissen, ohne alle Rücksichten aus den Augen
zu setzen und zurückzukehren, um seinen ehrlichen
Namen zu retten?

Lindenschmitt war, wie gewöhnlich bei derartigen aufregenden Gelegenheiten, durch seinen
allzu großen Eifer verhältnißmäßig unnütz, er
wurde auch sofort von den Frauen in seiner
Absicht überstimmt, welche ihn geneigt machte,
Pollmann auf offener Straße todtzuschießen und
so das Gesetz selbst in die Hand zu nehmen.

Eleonore, welche während dieser schweren
Zeit ihrer Freundin nicht von der Seite wich,
und Hermine beschlossen, daß Letztere ihrem
Verlobten die Sachlage in einem Briefe klar
auseinandersetzen und ihn beschwören sollte, sich
und die Seinigen nicht durch rasches Handeln
und voreilige Entdeckung für immer elend zu
machen. Sie kannte sein stolzes Herz, sein ge-
kränktes, nur zu empfindliches Gemüth und schlug
daher jede Saite an, von der sie eine beruhigende
Wirkung hoffte. Sie beschwor ihn, wenigstens
vor der Hand sich ruhig zu verhalten, bis die
wirklichen Verbrecher zur Haft gebracht oder
Enthüllungen eingetreten sein würden, welche

ihm den Beweis seiner Unschuld erleichterten.
Sie deutete das traurige Verhältniß an, in wel=
chem der Name ihres Vaters auch jetzt wieder
erscheinen werde, wie unendlich schmerzlich es
sie berühren werde, zum zweiten Mal alle die
Kämpfe durchzumachen, alle kaum verharschten
Wunden wieder aufreißen zu müssen, welche das
erste Proceßverfahren gegen Robert ihr geschla=
gen hatte. Eleonore betonte in einer Nachschrift
die Zwecklosigkeit eines offenen Widerstandes
gegen die obwaltenden Umstände und versicherte
ihm, daß Alles geschehen solle, was Geld, Liebe
und aufopfernde Freundschaft leisten könnten, das
Dunkel zu lichten.

Dieser Brief wurde durch Rebecca's Hände
an Salomon's Geschäftsfreund, Aaron Hirsch,
adressirt, bei welchem Robert inzwischen wohl=
behalten angekommen war.

Der alte Jude hatte ihn, auf den Brief seines
Freundes hin, mit Herzlichkeit aufgenommen,
ohne zu fragen, wer er sei, oder was er durch
seinen Aufenthalt bezwecke. Er hatte ihm bereit=
willig Quartier gegeben und ihm an seinen Tische
Platz nehmen lassen, so lange es ihm gefallen
würde. Die Empfehlung war ihm unbedingte
Bürgschaft, daß er ein gutes Werk thue, denn

Salomon Herz hatte sich ihm stets als ehrlicher
Mann gezeigt und ihm noch nie etwas Schlechtes
zugemuthet.

Robert, obwohl innerlich immer noch nicht
recht damit zufrieden, daß er vor seinem Tod=
feinde die Flucht ergriffen und seine Rache an
Sänger aufgeschoben hatte, fühlte sich doch freier
und weniger gedrückt in der neuen Umgebung.
Die Luft der Residenz, an deren Straßen sich
für ihn so viele schmerzliche und demüthigende
Erinnerungen knüpften, hatte wie ein Alp auf
ihm gelegen; die Verbrecher=Atmosphäre, welche
ihn dort auf Schritt und Tritt begleitete, war in
der neuen Umgebung von ihm gewichen, und
mit Wohlbehagen athmete er die kräftige See=
luft ein, welche von der Nordsee herüberwehte.
Das Gewühl der großen Handelsstadt, das rege
Leben auf dem Elbstrom und im Hafen übten
einen mächtigen Reiz auf seine Phantasie, und
so oft er ein Schiff die Segel entfalten sah,
um sich seewärts zu wenden, eilte er ihm in
Gedanken nach den fernen Gestaden voraus, auf
denen auch er, an der Seite der Geliebten, bald
eine neue Heimath zu finden gedachte. Er wußte
nicht, wie viel noch zwischen jetzt und der Er=
füllung seiner Wünsche lag, welche schwere Prü=

fung ihm noch bevorstand, ehe er den Frieden finden sollte, dessen sein schwergeprüftes Herz so sehr bedurfte.

Er kam von einem Morgenspaziergang zurück, als sein freundlicher Wirth ihm einen Brief überreichte, welcher den Poststempel der Residenz trug und „per Einlage" an Aaron Hirsch an den „fremden Gast" adressirt war.

Robert erbrach ihn hastig, da er Hermine's Handschrift erkannte. Mit fieberhafter Hast durchflog er die Zeilen; das Blut wich aus seinem Gesicht, je weiter er las, bis er zuletzt, mit einem Fluch auf den bleichen Lippen, das Papier zusammenknitterte und in die Tasche schob. Im nächsten Augenblick eilte er zum Hause hinaus dem Bahnhofe zu, während Aaron Hirsch ihm kopfschüttelnd nachblickte und sich wunderte, welchen sonderbaren Gast Salomon Herz ihm da geschickt habe.

# 7.

## Im Schlupfwinkel der Gauner.

Es war ungefähr eine Woche seit dem Ein=
bruch bei Werner Bank und Robert's Flucht ver=
flossen, und noch immer hatte man den Verbre=
chern nicht auf die Spur kommen können. Die
Wachsamkeit der Polizei schien an der Schlau=
heit der Thäter diesmal scheitern zu sollen, denn
trotz des eifrigsten Suchens hatte sich auch nicht
der geringste Anhaltspunkt zu weiteren Ver=
folgungen ergeben. Die Nachsuchungen im Hause
an der Kaisergasse waren natürlich erfolglos ge=
blieben, und man fand sich dort durchaus nicht
veranlaßt, die verlangte Auskunft zu ertheilen,
obgleich man für Robert's Verschwinden keine
andere Erklärung als die wiederholte Betheue=
rung seiner Unschuld geben konnte.

Die Berichte Hartmann's über die kranke
Amerikanerin wurden, wie das vorauszusehen
war, mit jedem Tage trüber, und Eleonore war=
tete jeden Augenblick auf den Boten, welcher sie
an's Sterbebett rufen sollte. Sie war sehr ernst
gestimmt durch all' diese neuen unglücklichen
Ereignisse und sehnte sich mehr denn je fort von
hier, worin sie der alte Jakob auf's Eifrigste
unterstützte, der nicht müde wurde, von ihrer
amerikanischen Heimath zu reden.

In Tante Villa's Haus war von Neuem Sorge
und Trauer eingekehrt; vergebens bemühte sich
der Doctor, den Frauen für die Zukunft Muth
einzusprechen. Hermine war verhältnißmäßig die
Muthigste, obwohl gerade sie am nächsten von
den traurigen Ereignissen berührt wurde. Aber
so zeigen sich ja immer edle Frauenherzen, im
wirklichen Unglück sind sie stärker als die rauhe=
ren Männer, während sie kleinen und meistens
eingebildeten Sorgen erliegen.

Während unsere Freundinnen sich ängstigten,
saßen die „todtkranke Amerikanerin" und ihr
Beschützer Hartmann nebst anderen Freunden in
einer ihrem trüben Zustande wenig entsprechen=
den Verfassung in ihrem Dachzimmer und unter=
hielten sich von den stattgehabten Ereignissen

und der demnächst bevorstehenden Ausführung ihres Vorhabens.

Mutter Lenz hatte sich, obwohl sie zurückhal=
tender und schweigsamer denn je gegen die Ande=
ren war, ihrer Tochter seit dem nächtlichen Zu=
sammentreffen mit Werner Bank wieder genähert.
Das Muttergefühl schien bis zu einem gewissen
Grade wieder in ihr zu erwachen; sie zeigte sich
freundlicher gegen Rosa, während sie mit schlecht
verhehltem Widerwillen auf Sänger blickte, den
sie erst jetzt in seiner vollen Nichtswürdigkeit zu
durchschauen schien.

Die beiden Frauenzimmer saßen, nicht gerade
im feinsten Anzug, in der Nähe des Ofens, in
dem ein angenehmes Feuer loberte, welches seinen
unsichern Schein, auf das ärmliche Meublement
des Zimmers warf. Sänger war sehr herunter=
gekommen; sein bereits fadenscheiniger schwarzer
Anzug, mit welchem er auf Eleonore damals
einen so ehrwürdigen Eindruck hervorgebracht
hatte, war das einzige einigermaßen anständige
Stück seiner Garderobe. Die stark geröthete Nase,
welche selbst der gutmüthigen Amerikanerin ver=
dächtig erschienen war, verrieth nur zu deutlich,
daß die Qualität seiner spirituösen Genüsse nicht
mit seinem Bedürfniß nach Quantität gleichen

8*

Schritt halten konnte. Er war damit beschäftigt, in
einer auf dem Tische stehenden dampfenden Bowle,
der Branntweingerüche entströmten, mit einem Löf=
fel zu rühren, aus dem er von Zeit zu Zeit mit
sichtlichem Behagen kostete, wobei ihm Pollmann
von der andern Seite des Tisches, augenschein=
lich zerstreut, zusah.

„Also Du hast die Beiden gesehen, Alte?"
fragte der Letztere die Frau Lenz, ohne auf die
mancherlei, witzig sein sollenden, Bemerkungen
Sänger's zu achten.

„Ja wohl, und weiß sie gut aufgehoben, bis
sie Gelegenheit zur Flucht finden. Denkt nicht,
daß ich Euch das Geheimniß enthülle, denn Ihr
würdet sie doch nur verrathen."

„Das würde mir jetzt kaum passen," erwi=
derte Pollmann mit höhnischem Lächeln, „mir
wär's lieber, sie wären über alle Berge; denn
wenn sie eingebracht werden, können sie uns
Unannehmlichkeiten machen. Besonders dem Ro=
then mit seinem Stiergesicht und seinen An=
wandlungen von Ehrlichkeit ist nicht zu trauen,
wir müssen uns beeilen. Alles gehörig vorbe=
reitet, Sänger?"

„Alles in Ordnung," war die Antwort, in=
dem er nochmals mit Kennermiene den Punsch

koſtete und mehrere Gläſer füllte, welche eben ſo
wenig, wie die Möbel, auf einen geordneten
Hausſtand ſchließen ließen; „Alles in Ordnung;
das Sterben kann jeden Augenblick losgehen,
wenn Du nur mit den Groſchen bereit biſt.‟

„Dafür iſt geſorgt; Du bekommſt tauſend
Thaler vorher, und weitere tauſend, wenn Alles
vorbei iſt; damit ſcheerſt Du Dich nach Amerika
und läßt Dein albernes Geſicht nie wieder in
dieſer Gegend blicken. Dem Alten liegt Alles
daran, daß ſie beſeitigt wird, und er iſt diesmal
nicht geizig. Und mir noch viel mehr,‟ fügte er
faſt unhörbar mit Zähneknirſchen hinzu; „denn
ich habe mich an ihr zu rächen.‟

„Ihr habt doch nichts Schlimmes mit der
Frau im Sinne?‟ fragte Roſa, welche den Aus=
druck in Pollmann's Geſicht bemerkt hatte. „Wenn
Ihr Euch an ihr vergreift, ſo habt Ihr's mit
mir zu thun; ich duld' es nicht und werd' Euch
das Spiel verderben.‟

„Närrin,‟ ſagte Sänger, überraſcht von dem
ſonderbaren Tone, den das Mädchen anſchlug;
„wir wollen ſie nur überzeugen, daß es am
beſten für ſie iſt, die Gegend zu verlaſſen, und
wenn dabei etwas zu verdienen iſt, ſo weißt Du
ja, wie nothwendig wir's gebrauchen können.

Du hast weiter nichts zu thun, als die Kranke zu spielen, das Uebrige macht sich Alles von selbst; dann geht's nach Amerika, Schatz, und es wird geheirathet. Gefällt Dir das nicht?"

Sänger bestand darauf, diese glänzenden Aussichten mit einem Toaste zu feiern, und die Gesellschaft stieß an, außer der Mutter Lenz, welche der Scene noch immer keinen besondern Geschmack abzugewinnen schien und von Pollmann mit mißtrauischen Augen beobachtet wurde. „Die Alte kommt mir so wunderlich vor heute Abend," sagte er leise zu Sänger, „als ob sie etwas gegen uns im Schilde führe. Sie ist ganz anders geworden, seit sie auf die Hühnerstiege hier heraufgezogen ist und ihr eigenes wunderliches Hauswesen aufgegeben hat." Sänger wollte nichts Ungewöhnliches an ihr bemerken, er bemühte sich, die Besorgnisse seines Genossen zu beschwichtigen.

Nach längerem Hin= und Herreden und manchem guten Schluck — denn auch Pollmann hatte in neuerer Zeit seine Zuflucht zu stärkeren Reizmitteln genommen, erhob sich dieser, um sich zu verabschieden. Rosa nickte ihm gleichgültig zu, während die Alte durchaus keine Notiz von seinen Bewegungen nahm. Sänger folgte ihm, um ihm über den dunklen Hausflur zu leuchten.

„Wir müssen uns beeilen," flüsterte Pollmann, „sonst könnte uns doch noch der Teufel ein Ei in's Nest legen; der Mond ist uns auch günstig, bist Du auf übermorgen bereit?"

„Jederzeit, je eher, je lieber," antwortete Sänger; „ich möchte die Geschichte geordnet wissen."

„Also, auf übermorgen!"

— — — — — — — — — — —

Es war gegen zehn Uhr Abends, als Eleonore Warnstein von ihrem Diener Jakob im Englischen Hof Hut und Shawl in Empfang nahm, um in die unfreundliche Nacht hinauszugehen. Es regnete draußen, und Jakob wollte sie nicht fort lassen, sie wenigstens begleiten; aber sie hatte beides entschieden abgelehnt. Eine Pflicht der Menschlichkeit rief sie hinaus, von dem freund= lichen Kaminfeuer fort, und sie hatte ihr Wort gegeben, zu diesem Gange jederzeit bereit zu sein.

„Also endlich werde ich nun erfahren, wer mir mit so viel Vertrauen entgegen gekommen ist, wem ich helfen durfte," sagte sie zu Hart= mann, der mit bekümmerter Miene vor ihr stand und seinen Hut in den Händen drehte, wie wenn er den Augenblick des Aufbruchs nicht erwarten könne.

„Es geht rasch zu Ende," erwiderte er, „wir
müssen eilen, wenn wir noch zur rechten Zeit
kommen wollen. So sehr sie bisher bemüht
war, dies Zusammentreffen zu vermeiden, so
sehr sehnt sie jetzt dasselbe herbei, und ich
glaube, sie würde nicht sterben können, ohne Sie
gesehen zu haben."

„Eilen wir also," sagte Eleonore bewegt;
dann folgte sie ihrem Begleiter die Treppe hin-
unter vor das Portal des Hôtels, wo eine
Droschke ihrer harrte, während der alte Jakob
ihr kopfschüttelnd nachblickte und sich über die
sonderbaren Einfälle seiner Herrin wunderte. „Es
passirt ihr doch noch einmal etwas," murmelte
er vor sich hin, „ich begreife nicht, wie sie sich nur
diesen Gefahren aussetzen mag. Ich muß immer
an London denken," fuhr er fort, indem er langsam wieder die Treppe emporstieg, „und die Galle
steigt mir in's Blut, wenn ich mich des saubern
Herrn von Stein erinnere. Aber freilich, wir
sind hier in einer deutschen Stadt, noch dazu in
einer Residenz, und da kann doch wohl so etwas
nicht vorfallen. Freilich, allzu viel Vertrauen hat
mir dieser Duckmäuser, der sich Hartmann nennt,
auch nicht eingeflößt; aber ich darf nun einmal
nicht dreinreden; sie hat ihre eigenen Wege, und

heute wäre sie beinahe böse geworden, als ich sie warnen wollte. Sie schalt mich einen hart= herzigen alten Egoisten; aber weiß Gott, ich meinte es gut, und mir ist immer noch nicht wohl bei der Geschichte zu Muthe."

Eben hatte der alte Jakob dieses Selbstge= spräch beendet, er war im Begriff, sich auf den Lehnsessel im Vorzimmer zu setzen, auf welchem er die Rückkehr seiner Herrin abzuwarten ge= dachte, als ihm Jemand auf die Schulter klopfte. Er sah sich um und blickte in das fröhlich auf= geregte Gesicht Lindenschmitt's.

„Fräulein Warnstein noch auf?" fragte der Doctor vergnügt. „Sie hat mir erlaubt, sie zu jeder Tageszeit zu besuchen, und ich habe gute Nachrichten in Sachen Warnstein gegen Bank. Euch darf ich's schon sagen, alter Jakob, Ihr kennt ja unsere Geheimnisse; der Schreiber Bauer meldet mir eben, daß er seiner Sache jetzt ziem= lich sicher sei und nur noch auf eine günstige Gelegenheit warte, den Alten zu entlarven. Ha! wie ich mich an seiner Angst, an seiner Schande weiden will! Mach' deine Rechnung mit dem Himmel, Vogt, fort mußt du, deine Uhr ist ab= gelaufen!"

„Das ist Alles sehr schön," erwiderte Jakob,

„aber Fräulein Warnstein ist leider nicht zu Hause. Sie ist mit einem Manne fortgefahren, der trotz seines Augenverdrehens und seiner weißen Binde nicht mein Vertrauen gewinnen konnte. Ich begreife nicht, daß ich sie überhaupt trotz ihres Willens fortgelassen habe, meine Angst wächst mit jeder Minute."

„Um Gottes willen, was giebt's, alter Mann?" rief der Doctor, den diese Andeutungen sofort in die höchste Aufregung versetzten, und Jakob mußte ihm nun die ganze Geschichte ausführlich erzählen. Ihm war nicht besser zu Muthe, wie dem treuen Diener, als er alle Einzelheiten erfahren hatte. So einfach und natürlich auf der einen Seite die Sache erschien, so sehr auch die Art und Weise der Unterstützung und Wohlthat den Eigenthümlichkeiten seiner edelsinnigen und zartfühlenden Clientin entsprach, so konnte er sich doch einer unbestimmten Angst nicht erwehren, weil die ganze Sache so heimlich betrieben worden war, und unwillkürlich trat ihm die Gestalt Pollmann's vor Augen, ohne daß er sich über die dunklen Ahnungen, die in ihm auftauchten, Rechenschaft hätte geben können.

Jakob mußte ihm nochmals das Aeußere dieses Herrn Hartmann genau beschreiben, wobei er

auch die „besonderen Kennzeichen" erwähnte,
welche ihn gegen denselben eingenommen hatten,
und Lindenschmitt wurde immer mehr in dem
Glauben bestärkt, daß hier wiederum ein Buben=
stück im Werke sein müsse. Sobald er zu die=
sem Schlusse gekommen war, stürmte er hinaus,
ließ sich vom Portier die Richtung angeben, in
welcher die Droschke davongefahren war, und lief
dann auf's Ungewisse in die dunkle, regnerische
Nacht hinaus, zwar nicht in der Hoffnung, den
Wagen noch einzuholen, aber doch in der Er=
wartung, auf diesem Wege Anhaltspunkte für
weiteres Handeln zu gewinnen, falls seine schlim=
men Vermuthungen sich bestätigen sollten.

Während die Droschke mit Hartmann und
Eleonore auf den schlecht gepflasterten Straßen
dem entlegenen Stadtviertel zurollte, in welchem
die Amerikanerin Rosa wohnte, näherte sich von
der entgegengesetzten Seite, vom Hamburger Bahn=
hofe her, ein anderer Wagen diesem Viertel,
welcher ebenfalls einen alten Bekannten enthielt.
Robert war, nachdem er die Nachricht des Ein=
bruchs bei Werner Bank erhalten hatte, sofort
aus seinem sichern Asyl in Hamburg aufgebrochen,
um sich den Behörden zu stellen, und nochmals
mit seiner vollen Manneskraft für seine Ehre,

für Recht und Gerechtigkeit in die Schranken zu
treten. Mochte geschehen, was da wolle, einer
solchen Schmach konnte und durfte er sich nicht
schweigend unterwerfen, und die Frauen, die ja
in all' ihrem Handeln und Denken nur eigenen
Anschauungen folgten, hatten sich doch in seiner
Auffassung verrechnet, wenn sie glaubten, daß
er seine Ehre selbst der heiligen, tiefen Liebe
opfern werde, die ihn mit Hermine verband.
Gerade diese Liebe forderte von ihm die äußersten
Anstrengungen, nicht nur nach innen, sondern
auch nach außen hin ihrer vollkommen würdig
zu werden. Er war unbemerkt, in seinen Mantel
gehüllt, am Bahnhof in eine Droschke gestiegen,
um bis in die Nähe der Kaisergasse zu fahren
und noch eine Nacht in der Gesellschaft mit seinen
Lieben zuzubringen.

In Gedanken versunken, achtete er nicht auf
die Straßen, durch welche der müde Gaul ihn
zog, er wurde erst dann wieder zum Bewußtsein
seiner augenblicklichen Lage zurückgerufen, als
der Kutscher beim Umbiegen um eine Straßenecke
seinen Wagen mit einem gewaltsamen Ruck auf
die Seite schnellte, um nicht mit einer um die=
selbe Ecke biegenden Droschke zusammenzustoßen.
So kam es, daß beide anhielten und einen

Augenblick im Scheine einer Straßenlaterne neben einander standen.

Robert blickte durch das Fenster und war nicht wenig überrascht, in einem Streiflichte, welches in das Innere des fremden Wagens fiel, Eleonore Warnstein an der Seite eines ihm fremden Herrn zu entdecken. Was konnte sie hier wollen, in später Nacht, und in einem Stadtviertel, das anständige Leute selbst bei Tage gern ver= mieden, wenn die Nothwendigkeit sie nicht dahin führte? Er war im Begriff, den Schlag zu öffnen und sich über diese Fragen Gewißheit zu ver= schaffen, aber in demselben Augenblick zog das Pferd an dem fremden Wagen wieder an. Sein unmittelbares Einschreiten wurde dadurch außer Frage gestellt; indeß so ganz schutzlos mochte er die Freundin unter so ungewöhnlichen Verhält= nissen nicht ihrem Schicksal überlassen. Er be= fahl daher seinem Kutscher, der andern Droschke in geringer Entfernung nachzufahren und zu halten, wenn sie halten würde. Dies letztere Ereigniß trat bald ein, und zu Robert's Be= fremden vor einem Hause, das offenbar nicht zu den besten und anständigsten, selbst in diesem Quartiere, zählte. Er sah Eleonore mit dem fremden Herrn aussteigen und die Stufen zur

Hausthür hinangehen, nachdem der Kutscher die Weisung erhalten hatte, zu warten. In den Bewegungen der Amerikanerin lag durchaus nichts, was auf den geringsten Zwang hätte schließen lassen; sie trat bestimmt und ruhig auf und schien, wenn sie sich an ihren Begleiter wandte, mehr im Tone des Befehls, als in irgend einem andern zu sprechen, Robert glaubte sich daher nicht berechtigt, einzuschreiten. Eleonore ging ja, wie der alte Jakob sagte, immer ihre eigenen Wege, vielleicht befand sie sich auch jetzt auf einem Wege, auf dem ihr selbst die Einmischung eines Freundes nicht angenehm sein konnte. Er beschloß daher, zu warten, bis die Beiden wieder heraustraten, oder sich ihm eine Veranlassung bot, welche seine Einmischung rechtfertigen, oder seine Hülfe herausfordern mußte.

Ungefähr zehn Minuten mochten verstrichen sein, als er plötzlich rasches, polterndes Gehen und bald darauf eine wohlbekannte Stimme hörte, welche seinen Kutscher anrief: „Heda, Droschke, wen habt Ihr hierher gebracht? Heraus mit der Sprache, oder das Criminalgericht soll Euch zum Tanz aufspielen, daß Euch die Ohren gellen!"

Mit einem Satz war Robert aus dem Wa=

gen und an der Seite des Doctors Lindenschmitt,
der noch ganz außer Athem auf dem Trottoir
stand und kaum seinen Augen trauen wollte, als
er in dem matten Schein einer Laterne den Freund
erkannte.

„Steh mir, Phantom!" rief er, trotz der
Angst und Aufregung, in welcher er sich um das
Schicksal Eleonore's befand, „bist du ein Geist,
der — —"

„Spare Deine Citate," fiel Robert ihm in's
Wort; „ich bin's leibhaftig, aber davon später!
Sie sind hier, die Du suchst, und nach Deiner
Aufregung zu urtheilen, scheint unser Einschrei-
ten sehr nöthig zu sein. Ich bin ihnen hierher
gefolgt, ohne zu wissen, um was es sich handelte.
Erzähle schnell und kurz, damit wir keinen Augen-
blick unnöthig verlieren."

Lindenschmitt, der sehr wohl einsah, daß jeder
Augenblick die Gefahr seiner Freundin vergrö-
ßern konnte, wenn überhaupt von einer solchen
die Rede war, erzählte mit kurzen Worten, was
er von der Sache wußte und überzeugte auch
Robert sofort, daß seine Befürchtungen nicht
unbegründet zu sein schienen. Im nächsten
Augenblick stand Robert auf der obersten Stufe
der Treppe und riß heftig an der Glocke, wäh-

renb er gleichzeitig seinen Revolver aus der
Tasche zog. Die späte Stunde, sowie der Ruf
der Gegend, in welcher sie sich befanden, ließ
diese Vorsichtsmaßregel durchaus gerechtfertigt
erscheinen.

Er wartete eine Weile, als aber auch auf
das dritte Läuten keine Antwort erfolgte, führte
Robert, dem es jetzt völlig klar war, daß da
brinnen nichts Gutes vorging, einen mächtigen
Tritt gegen die Thür, während Lindenschmitt ihn
mit aller ihm zu Gebote stehenden Kraft unter=
stützte. Sie ächzte in allen Fugen, ein zweiter,
noch gewaltigerer Fußtritt sprengte sie krachend
auseinander.

Sie traten in einen dunklen Hausflur und
horchten einen Augenblick, ob nicht ein Geräusch,
eine Stimme ihre weiteren Schritte leiten würde;
aber Alles blieb ruhig — das ganze Haus schien
wie ausgestorben. Sie schritten vorsichtig weiter
und gelangten an eine zweite Thür, die ebenfalls
von innen verschlossen war. Hier galt keine
Rücksicht, kein Besinnen, man wollte sie nicht
einlassen — um so bringender mußte ihre Gegen=
wart erfordert sein. Robert wandte sofort das
Mittel an, welches bei der Hausthür so gute
Wirkung gethan hatte. Bald war das Hinderniß

beseitigt; sie traten in ein matt erleuchtetes Zim=
mer, und als das Auge sich einigermaßen an
das Halbdunkel gewöhnt hatte, erkannten sie zu
ihrem nicht geringen Schrecken auf dem Divan
die scheinbar leblose Gestalt Eleonore's, während
eine ältere Frau sich vor den Eindringenden in
ein Nebenzimmer flüchtete.

Der Doctor öffnete rasch das Fenster, um
die frische Luft eindringen zu lassen, während
Robert der Alten folgte. Er traf sie im zweiten
Zimmer, wie sie eben im Begriff war, eine an=
dere Thür zu verschließen und zu verriegeln.
Mit einem gewaltigen Ruck riß Robert die
Thür wieder auf, so daß das Weib taumelnd zur
Seite stürzte, und — sein Blick fiel auf die Ge=
stalt des Mannes, welchen er an der Seite
Eleonore's in der Droschke gesehen hatte. In
seinen Händen glänzte der Lauf eines auf Ro=
bert gerichteten Pistols; im nächsten Augenblick
fiel ein Schuß; das Licht erlosch, ein schwerer
Fall folgte, und in demselben Augenblick stürmte
eine andere Gestalt an Robert vorbei in das
vordere Zimmer. Robert war wie betäubt durch
den Schuß, er achtete kaum auf den Lärm, welcher
im Nebenzimmer sich erhob, wo der Doctor mit
dem Fremden rang und Eleonore, die wieder

zum Bewußtsein gekommen war, einen gellenden
Schrei ausstieß. Er wußte im ersten Augenblick
nicht einmal, ob er selbst verwundet war, ja, ob
er selbst geschossen hatte, erst als die Scene vor
ihm sich erhellte, kam er wieder zu sich. Der
Schein rührte von einem Lichte in der Hand
eines jungen Mädchens her, das durch eine an=
dere Thür eingetreten war und mit verstörtem
Gesicht auf ihn zuschritt. Er sah zu seinen
Füßen eine menschliche Form, bei der das Mäd=
chen schluchzend niederkniete, und als sie den
Kopf in ihren Schooß nahm und das Gesicht
dem Lichte zuwandte — blickte er in die erstarrten
Züge Sänger's, seines Todfeindes. „Gott ist
gerecht," sagte er tief erschüttert, „und seine
Wege sind wunderbar. Ich wollte mich an die=
sem Menschen rächen, jetzt hat er, dem allein die
Rache gebührt, mich zum Werkzeug seines Armes
gemacht, um mir die Blutschuld zu ersparen."

Die, welche neben dem Todten kniete, war
die schöne Rosa, und der, welchen Lindenschmitt
vergebens festzuhalten gesucht hatte, war Poll=
mann gewesen. Eleonore hatte in ihm beim Er=
wachen den Baron von Stein, ihren Angreifer
aus London erkannt, die Entlarvung konnte nun
nicht mehr lange ausbleiben, Eleonore's Vor=

gefühl war ein richtiges gewesen, als sie äußerte,
es gehe mit den Verbrechern zu Ende, gerade
da sie sich dem Triumphe nahe glaubten. Robert
blickte noch immer auf das Bild zu seinen Füßen,
als der Doctor aus dem Nebenzimmer, wo Eleo=
nore, erschöpft von der furchtbaren Aufregung,
in die Kissen des Divans zurückgesunken war,
eintrat und seine Hand auf die Schulter des
Freundes legte.

„Was willst Du beginnen?" fragte er leise,
da ihm die Gegenwart des Todten und der Schmerz
des jungen Mädchens Achtung einflößte.

„Ich bleibe," antwortete Robert entschlossen,
„um mich selbst auszuliefern und das Uebrige
der Vorsehung anheim zu geben, die uns heute so
sichtbar geführt hat und endlich dem Recht auch
vor dem Gesetze Geltung verschaffen wird."

## 8.

## In der Gewalt des Rächers.

Pollmann war allerdings der Gefahr, auf
offener That ertappt zu werden, entronnen. Mit
Mühe hatte er sich den Armen des kleinen Doctors
entwunden und sich wenigstens für den Augen=
blick die persönliche Freiheit bewahrt. Aber auf
wie lange und zu welchem Ende? Eleonore hatte
ihn erkannt; er war der Mitschuld bei dieser
neuen Schandthat überführt und seiner Freiheit
keinen Augenblick sicher. In Sänger's Nachlaß,
der voraussichtlich sofort mit Beschlag belegt wer=
den würde, mußten sich, so vorsichtig er auch
immer in seinem Verkehr mit demselben gewesen
war, Documente vorfinden, welche seinen Cha=
rakter kennzeichneten, und es unterlag keinem
Zweifel, daß auch die alte Lenz und ihre Tochter
gegen ihn aussagen würden. Aber alles dies

bekümmerte ihn nicht so sehr, als der Gedanke,
daß er seinen Feinden gerade jetzt, wo er sich
für so manche fehlgeschlagene Hoffnung seines
ränkevollen, verbrecherischen Lebens entschädigen
wollte, die Waffen zu seiner völligen Vernichtung
in die Hand gegeben hatte. Mit einer gewissen
Genugthuung erfüllte ihn trotz alledem bei diesen
trostlosen Betrachtungen der Gedanke an das
Schicksal Sänger's und die Aussicht, daß auch
der Wucherer, da ja doch jetzt Alles an den Tag
kommen mußte, endlich seiner wohlverdienten
Strafe entgegenging. Während dies und Aehn=
liches in ihm vorging, war er fortwährend weiter
gestürmt, denn es war für ihn Gefahr im Ver=
zuge. In seine Wohnung wagte er nicht zurückzu=
kehren; er mußte fliehen, augenblicklich fliehen,
aber ihm fehlten die Mittel, welche er erst von
Werner Bank empfangen sollte, wenn Alles nach
Wunsch abgelaufen wäre. Er hatte einen Vor=
sprung; die Aufregung in dem Hause, aus wel=
chem er kam, mußte die Zeugen jener furchtbaren
Scene noch einige Zeit in Anspruch nehmen.
Vor augenblicklicher Verfolgung war er sicher,
aber er durfte an weiter nichts, als an seine per=
sönliche Rettung denken, wenn dieselbe überhaupt
noch möglich war.

Bald stand Pollmann vor Werner Bank's
Hause. Er war offenbar erwartet worden, denn
troß der späten Stunde wurde ihm sofort geöffnet. Im Hausflur herrschte tiefes Dunkel,
und nicht eher, als bis die Thür wieder sorg-
fältig verschlossen und verriegelt war, öffnete
Werner Bank die Thür zum Bureau, in welchem
die Lampe nur ein schwaches Dämmerlicht verbreitete. Der Alte warf einen ängstlich forschen-
den Blick auf seinen Besucher und erkannte sofort, daß der Streich mißlungen war. Er wurde
so bleich wie die weiße Zipfelmütze, welche er
trug, und taumelte rückwärts, wie wenn er zu-
sammensinken wollte.

„Ja wohl, alter Kamerad," sagte Pollmann
mit heiserer Stimme, „es ist Alles vorbei, wenigstens mit mir. An dieser Amerikanerin ist mein
Stern gescheitert; mein Unglück fing an, als ich
mich in ihre Larve vergaffte. Doch darüber zu
reden, bin ich nicht hier," fuhr er fort, indem
er dicht vor den Alten hintrat, der auf einen
Stuhl niedergesunken war. „Die Zeit drängt,
sie hat mich als Baron Stein erkannt, ich muß
fort, augenblicklich fort, wenn's nicht schon zu
spät ist. Dazu brauche ich Geld, und das zu
holen bin ich hier. Also schnell!"

Das Wort „Geld" schien seine Wirkung auf
den Wucherer auch diesmal nicht zu verfehlen.
Er fuhr aus seiner lethargischen Stellung in
die Höhe und sagte, halb vor Angst, halb vor
Wuth bebend: „Also, nachdem Ihr Alles ver=
pfuscht und Euch durch Eure Dummheit un=
möglich gemacht, vielleicht mich selbst für immer
ruinirt habt, kommt Ihr noch hierher, um Geld
von mir zu erpressen, mich zu berauben? Ich
habe nichts mit Euch und Euren Streichen zu
schaffen, obwohl ich gutmüthig genug gewesen
bin, Euch Vorschüsse zu machen. Ihr wollt mich
durch Euren Besuch, nach dem, was geschehen ist,
compromittiren! Fort von hier, oder ich rufe
selbst die Polizei herbei, vor der Ihr fliehen
wollt!"

Pollmann's Gesicht nahm während dieser stoß=
weise hervorgebrachten Worte des Alten einen
dämonischen Ausdruck an.

„Das würde Ihnen wenig nützen," sagte er
höhnisch, „höchstens könnten wir dann Hand
in Hand in's Zuchthaus wandern, und ich weiß
wahrlich nicht, ob mir das am Ende nicht
eben so viel Vergnügen machen würde, als meine
Befreiung. Sie denken nicht an die Papiere
und Briefe, welche ich besitze, Sie vergessen, daß

ich Ihren Drohungen eben so wirksame entgegen=
setzen kann."

Der Wucherer war erschreckt zusammengefah=
ren. Er wußte nur zu wohl, daß sein Helfers=
helfer ihn eben so sehr in der Gewalt hatte, und
suchte vergebens einen Ausweg aus seiner schlim=
men Lage.

„Es war ja nur Scherz," beschwichtigte er;
„wie sollte ich daran denken, Sie zu verrathen?
Sie haben Recht, Sie müssen fort, und zwar
sobald wie irgend möglich."

„Und dazu brauche ich Geld, wie ich Ihnen
schon gesagt habe," warf Pollmann ein.

„Freilich, freilich, und Sie sollen es haben,
sobald ich's auftreiben kann. Sie wissen ja,
daß die Gauner mir alles baare Geld gestohlen
haben, ich bin ausgepreßt, ganz ausgepreßt, und
muß selbst borgen, das kann vor morgen nicht
ohne Aufsehen geschehen."

„Sie lügen," sagte Pollmann kalt. „Sie
mußten ja heute Abend auf Zahlung einer grö=
ßeren Summe vorbereitet sein für den Fall, daß
Alles nach Wunsch ablief. Daß ich auch in der
Uebereilung so dumm gewesen bin, Ihnen die
Wahrheit zu sagen! Ich hätte Sie bei dem Glauben
lassen sollen, daß die Sache glücklich beendet sei."

In der That hatte Werner Bank sich für den Fall des Gelingens verpflichtet, an Poll= mann und Sänger eine namhafte Summe aus= zuzahlen; aber es wurde ihm zu schwer, sich von dem Gelde zu trennen, er wollte wenigstens ver= suchen, sich mit einem geringeren Opfer loszu= kaufen. Er hatte daher wirklich nicht genug Geld im Hause, um Pollmann aus seiner Ver= legenheit zu retten.

„Ich bedarf allen Ernstes augenblicklich fünf= hundert Thaler, um die Ueberfahrt nach Amerika zu bestreiten. Dafür gebe ich Ihnen die Papiere heraus, welche Sie in meinem Besitz wissen und die ich zur Vorsicht heute eingesteckt hatte — also keine Ausflüchte mehr!"

„Aber, wie ich Ihnen sage, ich habe das Geld nicht im Hause," erwiderte der Wucherer ängst= lich. „So nehmen Sie doch Vernunft an und lassen Sie uns darüber nachdenken, wo Sie sich aufhalten können, bis ich die Summe beschafft habe."

„In meine Wohnung darf ich nicht zurück= kehren, die ist wahrscheinlich jetzt schon von Ge= richtsdienern besetzt," antwortete Pollmann; „das Haus der Mutter Lenz wird ebenfalls beobach= tet, ich wüßte keinen Schlupfwinkel, in dem ich mich nur einigermaßen geborgen halten könnte."

„Halt — ich hab's!" sagte Werner Bank, der noch immer darüber nachdachte, ob er sich nicht aus Pollmann's Gewalt befreien könne, ohne dieses für ihn so bedeutende Opfer zu bringen. Kennen Sie den alten Kanal?"

„Nein."

„Wenn Sie den Fluß hinuntergehen, und die letzten Häuser der Vorstadt hinter Ihnen liegen, gelangen Sie an die Oeffnung des unterirdischen Baues. Er ist vor mehreren Jahrhunderten zur Abführung des Unraths angelegt worden, stürzte später theilweise ein und wurde dann durch den neuen ersetzt, der noch im Gebrauch ist. Der Aufenthalt ist zwar kein angenehmer, aber er ist sicher, und das ist jetzt die Hauptsache; man muß sich, in Ihrer Lage, schon etwas gefallen lassen. Morgen früh bringe ich Ihnen die verlangte Summe, und dann schließen wir unsere Rechnung."

„Welche Garantie habe ich, daß Sie Ihr Wort halten?"

„Sie haben mich ja in Ihrer Gewalt."

„Also bis morgen. Wenn Sie sich nicht einfinden, sind Sie verloren."

Mit diesen Worten erhob sich Pollmann, er schlich sich hinaus auf die Straße und ging, vorsichtig um sich spähend, der Vorstadt zu.

In einer abgelegenen Straße war noch ein Tröbelladen offen, in dem er für sein letztes Geld einen Bauernanzug kaufte. Er vertauschte diesen an einer passenden Stelle mit seinen feinen Kleidern, die er den Wellen des Flusses überließ.

Der Morgen dämmerte schon, als Pollmann den ihm von Werner Bank bezeichneten Ort erreichte. In der unmittelbaren Nähe des Flusses, über dem schon die grauen Morgennebel sichtbar wurden, befand sich ein altes, verfallenes, von Unkraut und Strauchwerk überwuchertes Gemäuer, das erst nach längerem Suchen einen schmalen Eingang bot. Eine kalte, moderige Luft wehte ihm entgegen, eine Ratte lief ihm über den Fuß, und er schauderte unwillkürlich zurück; es war ihm, wie wenn er eine Leiche berührt habe, als seine Hand das mit widerlichem Schleim überzogene Mauerwerk streifte. Konnte er nicht draußen die Ankunft Werner Bank's erwarten und nur im äußersten Nothfalle diesen Schlupfwinkel aufsuchen? Er sah in den steigenden Nebel und die zunehmende Morgenhelle. Der

äußerste Nothfall war schon da. Ringsumher
war nichts, was ihn vor den Augen der ihn
suchenden Gerichtsdiener hätte schützen können,
und wurde er gesehen, dann war er verloren.
Es blieb ihm also nichts Anderes übrig, als den
ekelhaften Versteck aufzusuchen; er sah nicht, daß
zwei glühende Augen aus demselben jede seiner
Bewegungen beobachteten. Vorsichtig tappte er
in den schmalen Gang, dessen Moderluft ihm den
Athem beengte, hinein; aber er konnte ja an der
Oeffnung sitzen bleiben und so viel frische Luft
genießen, als ein günstiger Wind ihm von außen
zubrachte. Er war im Begriff, diesen Entschluß
auszuführen, als er ein heiseres Hohnlachen
hörte und eine breitschulterige Gestalt den Ein=
gang versperren sah.

War man ihm gefolgt? War er schon in den
Händen der Polizei, oder hatte ihm ein sonder=
barer Zufall diesen Streich gespielt?

Er athmete erleichtert auf, als er in dieser
Gestalt, welche sich in scharfen Linien vom Morgen=
himmel abhob, den Rothen erkannte.

„Also Ihr seib's?" sagte Pollmann fast zu=
traulich, indem er ihm die Hand entgegenstreckte.

„So weit sind wir noch nicht," erwiderte der
Rothe, „erst haben wir noch eine kleine Rech=

nung abzumachen, ehe wir Freundschaft schließen. Habt Euch also zum Spion angeboten und mich aufgesucht? Hat die Alte geplaudert? Will sie mit Euch den Preis theilen, der auf meinen Kopf gesetzt ist? Aber jetzt hat der Vogel sich selbst gefangen, und ungerupft soll er die Schlinge nicht wieder verlassen."

„Aber Ihr seht doch an meinem Anzuge," sagte Pollmann ängstlich, dem die geschwollene Stirnader und das feuersprühende Auge des Rothen nichts Gutes weissagten, „daß ich mich selbst vor der Polizei verbergen muß."

„Ihr verlangt wohl, daß ich Euch Glauben schenken soll?" höhnte der Rothe. „Wir wollen die Sache kurz machen, Eure Helfershelfer werden wohl nicht weit sein, und da es nun doch wieder zurückgehen soll in meine alte Pensions= anstalt, will ich auch wissen warum."

„Ich habe Euch nichts gethan," sagte Poll= mann, der sich der herkulischen Gestalt an die= sem Orte gegenüber vollkommen machtlos fühlte und seine ganze Aufmerksamkeit darauf richtete, eine Gelegenheit zur Flucht zu erspähen. „Laßt mich gehen, oder warten wir hier gemeinschaft= lich, bis ich in den Besitz der Mittel gelange, welche uns das Entkommen ermöglichen."

„Ihr bleibt freilich hier," lachte der Rothe.
„Es ist sogar möglich, daß ich eine Leiche zurück=
lasse, wenn ich von hier fortgehe; Ihr habt Eure
Schurkerei, gegen die meine Kleinigkeiten wahre
Kinderei sind, lange genug ungestraft getrieben,
und es ist mir eine wahre Wollust, daß ich
gerade die Vergeltung spielen soll."

Pollmann erkannte, daß es Ernst wurde; das
Raubthier war in seinem Gegner erwacht und
konnte in jedem Augenblick sich auf ihn stürzen,
um ihn zu zerreißen. Todesangst ergriff ihn,
denn er hatte nicht die geringste Waffe zur Ver=
theidigung, und das Leben schien mit einem
Male, trotz der düsteren Aussichten, welchen er
entgegenging, wieder doppelten Reiz für ihn
zu gewinnen. Es gab nur einen Ausweg; er
mußte versuchen, den Rothen zu überraschen und
mit einem schnellen, gewandten Satz an ihm
vorbei zu schlüpfen. Im nächsten Augenblick kam
dieser Gedanke zur Ausführung, aber — der
Rothe hielt seinen Gegner grinsend an der
Kehle; er war auf eine derartige Bewegung vor=
bereitet gewesen.

In der nächsten Minute lag Pollmann auf
dem kalten, schlüpfrigen Boden, der Rothe kniete
auf seiner Brust und war damit beschäftigt, ihm

Hände und Füße mit seinem Taschentuche und
einem Strick, den er stets für alle Fälle bei sich
führte, zu fesseln. „So, mein Bürschchen," sagte
er, als er mit dieser Arbeit fertig war, „jetzt
wird uns das Springen schon vergehen; Ihr
seid in guter Gesellschaft und habt jetzt Zeit,
über Eure Sünden nachzudenken. Ich gebe Euch
eine Galgenfrist von einer Viertelstunde, dann
werde ich sehen, was weiter mit Euch geschehen
soll."

Pollmann knirschte mit den Zähnen, er war
leichenblaß geworden in seiner ohnmächtigen Wuth,
während der Rothe gelassen sein Feuerzeug aus
der Tasche holte und seine Pfeife anzündete.

Während des kurzen Kampfes hatten die bei=
den Ringenden nicht die Tritte gehört, welche
sich ihrem Versteck von beiden Seiten her näherten.
Jetzt erhob der Rothe horchend das Haupt, und
sein scharfes Ohr konnte sich bald nicht mehr
darüber täuschen, daß jene Schritte von einer
Militärpatrouille herrührten.

„Siehst Du, Canaille," sagte er, „ich war
im Recht, wenn ich sagte, Du hättest mich ver=
rathen. Aber, bei Gott, Du sollst diesmal mit
in's Zuchthaus, trotz all' Deiner Schliche!"

Pollmann bat und flehte. „Ich weiß ja,

daß ich selbst verloren bin," sagte er zähne-
klappernd, „wenn sie uns finden. Bindet nur
die Stricke los und laßt uns tiefer in den Gang
gehen, oder wir wollen durchbrechen und über
den Fluß schwimmen; nur nicht hier bleiben!"

„Dummes Zeug," erwiderte der Rothe; „ich
kann nicht schwimmen, und der Gang ist nicht
weit von hier verschüttet; also ist es ganz einerlei,
in welchem Mauseloche wir uns fangen lassen.
Ich mache mir nichts daraus; ich bin einmal an
die Kost und Kleidung im Zuchthause gewöhnt.
Ist auch gar so schlecht nicht, das Spinnen habe
ich auch gelernt, und den feinen Herrn möchte
ich gar zu gern in der Staatslivrée sehen."

„Fertig!" erschallte draußen eine befehlende
Stimme.

„Kein Zweifel, das gilt uns," rief der Rothe.
„Nur herein, meine Herrschaften, ich habe ihn
hier für den Transport bereits verpackt."

Im nächsten Augenblick traten vier Gens
d'armen mit gezogenem Säbel ein, denen ein
Polizeicommissär, der Doctor Lindenschmitt und
der lange Schreiber Werner Bank's folgten.

Der Rothe ließ sich ruhig die Handschellen
anlegen, eine Procedur, welche bei Pollmann
wiederholt wurde.

Der Erstere hatte vorher das Geld freiwillig abgeliefert, welches ihm von dem Raube übrig geblieben war. „Es hat für mich jetzt doch keinen Werth mehr," meinte er philosophisch. „Da, wo wir hinziehen," wendete er sich zu Pollmann, „werden wir auf Staatskosten verpflegt, und wenn Ihr's im Spinnen weit genug gebracht habt, könnt Ihr nebenher noch so viel verdienen, um Euch ein Stück Wurst zum Abendbrod zu kaufen..."

Die kleine Gesellschaft trat jetzt den Rückweg zur Stadt an; die Gensd'armen mit ihren beiden Gefangenen voran, der Polizeicommissär, Bauer und Lindenschmitt folgten.

Der Doctor war in der heitersten Stimmung. Uebermüdet und erschöpft sahen sie sämmtlich aus, und die schöne, frische Morgensonne, welche sich jetzt mit voller Pracht über die Herbstlandschaft ergoß, bildete einen seltsamen Gegensatz zu den erschlafften Zügen und den unordentlichen Toiletten, aber Lindenschmitt hätte laut aufjauchzen mögen, denn er sah sich und seine Freunde jetzt am Ende aller Leiden und Sorgen, er sah jetzt das Recht triumphiren, und die Schurken, welche ihm das Leben so arg verbittert hatten, ihrer wohlverdienten Strafe entgegengehen. — „Hat

Bank mich verrathen?" hatte Pollmann zähne=
knirschend gefragt, und Lindenschmitt hielt es
mit einem bedeutsamen Blick auf den Polizei=
commissär für rathsam, diese Frage zu bejahen,
obwohl das nicht mit der Wahrheit übereinstimmte.
„Dann werde ich wenigstens nicht allein die
Jacke anziehen," hatte Pollmann darauf ge=
murmelt, und Lindenschmitt triumphirte, daß er
diesen Hauptzeugen gegen den Wucherer gesichert
wußte. — Die endliche Entdeckung war das Werk
des Schreibers, welcher seit jener Unterredung
mit Eleonore und dem Doctor im Englischen
Hofe mit Luchsaugen alle Bewegungen und Be=
ziehungen seines Chefs beobachtet und zuletzt
sich so sehr in dessen Treiben hineingesponnen
hatte, daß ihm nichts mehr entgehen konnte. Er
hatte erfahren, daß an jenem verhängnißvollen
Abend etwas Besonderes im Werke war und
sich, statt nach Hause zu gehen, in einem alten
Wandschrank auf dem Hausflur verborgen, um
zu beobachten, was während der Nacht vorgehen
würde. Auf diese Weise war es ihm möglich
gewesen, den Auftritt zwischen dem Wucherer
und Pollmann zu belauschen, den er ohne Verzug
dem Doctor und gemeinschaftlich mit diesem der
Polizei berichtete.

Werner Bank hatte diesmal keinen Verrath üben wollen; er war auf dem Wege gewesen, Pollmann das verlangte Geld zu bringen, als er die Gensd'armen mit ihren Gefangenen bemerkte. Einen Augenblick stand er wie vom Blitz getroffen; dann aber raffte er sich auf und lief instinctmäßig zurück nach dem Hause, in welchem er den Rest seines Mammons geborgen wußte. Er dachte nicht mehr, er gab sich keine Rechenschaft mehr von dem, was er that — nur ein Gefühl beherrschte ihn: er war verloren, verrathen! Aber nicht der Verlust seiner bürgerlichen Ehre, nicht das Zuchthaus schreckte ihn — nur für ein Bewußtsein hatte seine verknöcherte Seele Raum: man wird dir dein Geld nehmen, man will dir deine Schätze rauben! — Hätte er sie mitnehmen können, würde er auch im Zuchthaus nach seiner Art vollkommen glücklich gewesen sein. Er hatte eine unbestimmte Idee von Flucht, aber ohne allen Plan. Sobald er zu Hause angelangt war und alle Thüren hinter sich verriegelt hatte, begann er in seinem Geldschrank zu wühlen und hastig alles das zusammenzuraffen, was ihm am meisten am Herzen lag.

In der Vorstadt trennte sich die Gesellschaft, welche vom alten Kanal den Fluß herauf kam.

10*

Die Gensd'armen brachten ihre Gefangenen in das Untersuchungsgefängniß, während der Polizeicommissär, Lindenschmitt und Bauer in einen Wagen stiegen, um sich nach dem Hause des Wucherers zu begeben. Je mehr sie sich demselben näherten, dest: aufgeregter wurde der kleine Doctor. Wenn jetzt, im letzten Augenblick, wo er sich der Erfüllung aller seiner Wünsche näherte, seine schöne Rechnung dennoch durchkreuzt wurde?

Konnte der Alte nicht im letzten Augenblick Nachricht von dem bekommen haben, was ihm bevorstand? Konnte er nicht die Coupons, auf welche nun schon seit Jahren mit allen Kräften und allen Mitteln der Justiz gefahndet worden war, beseitigt, die Papiere Robert's vernichtet haben? Das wäre ein harter Schlag für ihn gewesen; aber er glaubte auch nicht, daß der Wucherer sich von den Documenten würde trennen können, selbst wenn sie ihm gefährlich werden mußten. Es liegt für den Geizhals in den Zeugen des Besitzes, selbst wenn sie stumm sind, ein eigenthümlicher Reiz, der schon Manchem zum Verderben gereicht hat.

Der Wagen hielt vor dem Hause Werner Bank's, die Glocke wurde gezogen, und bald

darauf kam die alte Martha, welche sich wieder
vollständig von den Folgen des Einbruchs erholt
zu haben schien, um ihrer Gewohnheit gemäß zu
öffnen.

Sie erschrak, als sie den Polizeicommissär
sah, für Leute ihres Schlages immer eine ge-
fürchtete Persönlichkeit, zumal im Gefolge des
Doctor Lindenschmitt, den sie instinctiv haßte,
weil sie wußte und fühlte, daß er gegen das
Interesse des Hauses, das ihre Welt war, arbeitete.

Sie war wohl die Einzige, welche Theilnahme
für das Schicksal des Wucherers hatte.

Bauer ging den Anderen voran, um die Thür
zum Bureau zu öffnen. Der Commissär trat
zuerst ein, prallte aber bei dem sich ihm dar-
bietenden Anblick zurück.

Mitten im Zimmer lag über einem Haufen
von Papieren, in beiden Händen krampfhaft ein
Paket haltend, mit dem Gesicht auf dem Boden,
die Leiche Werner Bank's.

Der alte Mann, der ergraute Sünder, war
dem letzten Schlage, der ihn im Herzen traf, erlegen.  In der Hast seiner letzten Anstrengungen,
seine Werthsachen zu retten, hatte ihn der Schlag
ereilt, und da lag er hingestreckt, ein trauriges
Monument seines elenden Lebens, mit dem letzten

Athemzuge seinen Mammon schützend. Die alte
Martha schluchzte; auch der Doctor und Bauer
waren erschüttert, aber der Erstere sagte: „Es
ist besser so; er ist gerichtet und unserer Her=
mine viel Kummer und Sorge erspart worden;
wir hätten ihn vor der öffentlichen Schande nicht
bewahren können. Was du thust, bedenke das
Ende! Er hat's nicht bedacht, nun ist er besorgt
und aufgehoben. — Carbinal, ich habe das Mei=
nige gethan, ein guter Mensch in seinem dunklen
Drange ist sich des rechten Weges wohl bewußt!"

Der Polizeicommissär beschäftigte sich mit der
Leiche, als er die Pakete aus den im Tode er=
starrten Händen nahm, las er: „Warnstein —
Werner Bank" und: „In Sachen Volkmann".

————

# 9.

## Durch Kampf zum Frieden.

Robert hatte sich gleich nach jenem verhäng=
nißvollen Abend, an welchem er Eleonore rettete
und zugleich Hermine rächte, den Gerichten ge=
stellt, und war natürlich sofort zur Untersuchung
eingezogen worden. Man konnte nicht begreifen,
daß er sich der doppelten schweren Anklage, des
Einbruchs bei Werner Bank und der Ermordung
Sänger's gegenüberzustellen wagte; aber das Ur=
theil des Untersuchungsrichters wurde einiger=
maßen schwankend, als er am andern Morgen
die Verhaftung Pollmann's und des Rothen er=
fuhr. Und als ihm bald darauf die Kunde von Wer=
ner Bank's plötzlichem Tode nebst der Auffindung
der betreffenden Documente mitgetheilt wurde,
sah er zu seinem nicht geringen Aerger sich ge=

zwungen, auf Antrag des Doctors seinen Ge=
fangenen gegen Bürgschaft bis auf Weiteres· aus
der Haft zu entlassen.

Robert's erster Gang galt dem traulichen Da=
heim in der Kaisergasse, wo ein Wiedersehen
stattfand, das sich wohl nachempfinden, aber nicht
beschreiben läßt. Er fand die Frauen, welche
von Bauer und Lindenschmitt von den erschüttern=
den Ereignissen benachrichtigt waren, zwar sehr
ernst und bekümmert, aber doch ruhig und ge=
faßt, namentlich Hermine, deren starkes Herz
schon so Manches ertragen hatte, und die in dem
plötzlichen Tode ihres Vaters dankbar das Wal=
ten einer gütigen Vorsehung erkannte. Die Auf=
regung war eine gewaltige gewesen und im ersten
Augenblick der Schmerz von der Freude kaum
zu sondern, aber es fiel ihr doch eine schwere
Last vom Herzen, als sie jetzt mit einem Male,
wenn auch durch eine gewaltsame Sturmfluth,
das Labyrinth ihres Daseins durchbrochen sah.
Robert hielt sie lange in seinen Armen, ohne
ein Wort zu reden. Die Beiden verstanden sich
wohl, sie empfanden eine gerechtfertigte Scheu,
ihren Gefühlen schon jetzt Worte zu geben.

Tante Billa ging still und ernst ihren Ge=
schäften nach und warf nur von Zeit zu Zeit

einen innig theilnehmenden Blick auf ihr Pflege=
kind, von dem sie sich nun bald trennen mußte.
Sie hätte es kaum zwar anders und besser wünschen
können, aber der Gedanke an den bevorstehenden
Abschied von dem einzigen Wesen, das sie mit
vollem Herzen liebte, ging ihr sehr nahe, und
ihre Augen füllten sich mit Thränen, so oft sie
Hermine ansah. An ihre eigene Trennung von
der Stadt, in der ihr ganzes Leben, ihre ganze
Anschauung wurzelte, war nicht zu denken, so
oft auch Hermine in traulichen Stunden sie ge=
beten hatte, ihr in die neue Heimath, der sie
an Robert's Seite zueilen wollte, zu folgen.

„Alte Bäume sterben ab, wenn man sie auf
fremden Boden verpflanzt," hatte sie gesagt;
„laßt mich die wenigen Jahre, die ich noch zu
leben habe, hier in meiner alten Heimath zu=
bringen, es giebt auch hier noch Leute, die mei=
ner Hülfe und Sorge bedürfen."

Eleonore Warnstein traf sofort, nachdem sie
die glückliche Wendung, welche auch in ihrer
Angelegenheit eingetreten war, erfahren und sich
einigermaßen von dem gehabten Schrecken erholt
hatte, Anstalten zu ihrer Abreise, welche sie so=
viel als möglich beschleunigte. Nachdem sie ihr
Zeugniß gegen den Wucherer abgelegt hatte,

überließ sie die weitere Abwicklung der nunmehr
ganz klaren Verhandlungen den Händen ihres
Anwalts Lindenschmitt, der jetzt mit triumphiren=
dem Eifer einen Zeugenbeweis nach dem andern
für die Rechtskräftigkeit ihrer Forderungen bei=
brachte. Auch Robert und der Schreiber Bauer
waren in den ersten Tagen nach jener Nacht
fast ausschließlich mit der Verfolgung ihrer
Rechtsangelegenheiten beschäftigt; nur die trau=
lichen Abende blieben ihnen, um im Freundes=
kreise in der Kaisergasse auch ihre inneren An=
gelegenheiten und die Pläne für die jetzt frei
und klar vor ihnen liegende Zukunft zu besprechen.
Werner Bank's Leiche wurde in aller Stille und
ohne alles Gepränge in der Dämmerung zu
Grabe getragen. Nur ein einziger Trauerwagen
folgte dem Sarge, er enthielt den Doctor Linden=
schmitt, Hermine und Tante Billa. Auch der
Schreiber Bauer hatte sich ihnen angeschlossen;
nun, da der Wucherer todt war, erwachte wie=
der die Sclavennatur in ihm; er dachte wieder
daran, daß der Todte sein Brodherr gewesen sei;
er vergaß, wie bitter dieses Brod gewesen war,
und warf seine Handvoll Erde versöhnend in
das einfache Grab, welches die sterblichen Ueber=
reste Werner Bank's aufgenommen hatte. Nach

einem stillen Gebet drückten die Leidtragenden
einander stumm die Hände und fuhren wieder
heim, schweigend wie sie gekommen waren. Das
war das Ende von all' dem verbrecherischen Geiz,
von einem durch den Dämon der Habgier ver=
gifteten Leben, und nach diesem letzten Act, wel=
cher an den Wucherer erinnerte, war, wie durch
gegenseitiges Uebereinkommen, nie wieder die
Rede von ihm in dem Kreise, welcher ihm nach
den Gesetzen der Natur am nächsten stehen und
sein Liebstes umschließen sollte.

Die Beweise gegen Sänger, Pollmann und
Werner Bank waren so klar und unumstößlich,
die Belege für ihre verbrecherischen Complotte
so zahlreich, daß selbst die Spitzfindigkeiten des
Untersuchungsrichters wirkungslos daran ab=
prallten und Robert's Unschuld an dem letzten
wie an dem früheren Verbrechen, wofür das Ge=
setz ihn hatte büßen lassen, keinem Zweifel unter=
liegen konnte. Mutter Lenz und deren schöne
Tochter hätten diese Beweise vielleicht vervoll=
ständigen können, aber sie waren seit jener Nacht
verschollen, und wenn auch ein Gerücht behaupten
wollte, sie seien nach Amerika ausgewandert, so
forschte man der Wahrheit desselben doch nicht
weiter nach, weil die vorliegenden Beweise genüg=

ten. — Die Richtigkeit der Forderungen Eleonore's ergab sich aus dem im Original vorge-
fundenen Contract zwischen ihrem Vater und
dem Verstorbenen, ferner aus den eigenen hand-
schriftlichen Aufzeichnungen des Wucherers, so
daß es sich zur Uebertragung derselben nur um
Erledigung der gesetzlichen Formen handelte. In
Robert's Fall mußte eine Revision des Ver-
fahrens von Seiten des Nachlassenschafts-Ge-
richts stattfinden, welche ebenfalls, obwohl sie
etwas längere Zeit in Anspruch nahm, durchaus
befriedigend ausfiel. Er wurde in alle seine
Erbschaftsrechte wieder eingesetzt und für das
von Werner Bank bereits Verausgabte aus dem
übrigen nicht unbeträchtlichen Nachlaß des Wucherers entschädigt. Es war ihm wie ein Traum,
aus seiner entsetzlichen, wenn auch unverschul-
deten Erniedrigung sich in den Augen der Welt
plötzlich auf die volle Höhe einer unbescholtenen
bürgerlichen Existenz gehoben zu sehen, und zwar
mit hinreichenden Mitteln, diese Existenz zu einer
behaglichen, ja glänzenden zu gestalten.

Und wenn er über all' das Elend und die
bitteren Erfahrungen der letzten Jahre nachdachte,
so konnte er kaum wünschen, sie nicht durchlebt
zu haben. Er fühlte, daß er in der Prüfung

ein Mann und Hermine's würdig geworden
war. Die Schule war hart gewesen; aber sie
hatte ihr Werk gethan und einen Mann zu Tage
gefördert, der in Zukunft allen Stürmen des
Lebens gewachsen und wohl befähigt war, auch
Anderen vor denselben Schutz zu gewähren. Wie
stolz Hermine zu ihm aufblickte, als er so vor
ihr stand und diesen Gefühlen Worte gab! Sie
hätte ihr Loos mit keinem andern in der Welt
vertauschen mögen, sie konnte jetzt selbst nicht
begreifen, wie gerade i h r, dem anspruchslosen,
unscheinbaren Mädchen, so viel irdische Glück=
seligkeit hatte zufallen können!...

An einem sonnigen Morgen führte Robert
seine Braut hinaus auf das väterliche Landgut,
den Tummelplatz seiner Knabenjahre, dessen Ver=
kauf nach der Aufklärung der Verhältnisse un=
gültig geworden war. Wohl hatte Manches sich
geändert unter dem zeitweiligen Eigenthümer;
aber diese Aenderung ließ erkennen, daß der=
selbe ein tüchtiger Landwirth sein mußte. Der
Mann hatte keinen Theil an dem Betrug des
Wucherers gehabt, er war der Erste, welcher
Robert entgegenkam und ihm mit kräftigem
Händedruck zu seiner Befreiung und Rechtferti=
gung Glück wünschte.

Sie sahen sich überall um, und Robert knüpfte
an jeden einzelnen Gegenstand Erinnerungen
aus seiner Kindheit, denen Hermine mit innigem
Interesse folgte. Dann gingen die Beiden auf
den nahen Friedhof, zum Grabe des Vaters, dessen
Andenken nun auch vor der Welt von allen
Schlacken der Verleumbung befreit war.

Robert stand lange entblößten Hauptes an
dem Grabe, und ließ all' die Bilder seiner Ju=
gend, welche in engem Zusammenhang mit dem
theuren Verblichenen standen, an seiner Seele
vorüberziehen. Hermine hatte einen Immortellen=
kranz mitgebracht, sie legte ihn zu Häupten des
Grabhügels nieder, der durch ein einfaches Eisen=
kreuz geziert war.

Beide waren tief ergriffen, sie erneuerten den
Bund ihrer Herzen an dieser geheiligten Stätte
in langer, stummer Umarmung.

Schweigend wandelten sie auf dem Fuß=
pfade zurück dahin, wo der Wagen ihrer harrte,
welcher sie nach der Eisenbahnstation zurück=
führen sollte.

„Und doch möchte ich hier nicht wieder woh=
nen," nahm Robert endlich das Wort. „Alles
ist mir bekannt und doch so fremd; es ist mir,
als ob all' die trüben Ereignisse, welche uns

betroffen haben, einen Schleier über das Ganze
breiteten, der Alles in falschem Lichte erscheinen
läßt. Auch die Nähe der Stadt mit all' ihren
traurigen Erinnerungen würde uns nimmer
zum ungetrübten Genuß unseres Eigenthums
kommen lassen. Es war ja ohnehin unser
Wunsch, in der neuen Welt ein anderes, von
keiner bösen Erinnerung getrübtes Leben zu beginnen."

Hermine stimmte seiner Ansicht freudig bei,
und Robert knüpfte nun ohne Verzug Unter-
handlungen mit dem gegenwärtigen Besitzer des
Gutes an, der sich gern zu billigen Bedingungen
bereit finden ließ, da ihm das Besitzthum lieb
geworden war, und er seine so erfolgreich begon-
nene Thätigkeit nur ungern unterbrochen sah.

Mit fröhlichem, erleichtertem Herzen kehrten
die beiden Liebenden in die Residenz zurück, sie
hatten jetzt gänzlich mit der Vergangenheit abgeschlossen und durften ohne alle Besorgniß in
die Zukunft schauen.

Miß Eleonore Warnstein wartete nur noch
auf die Rückkehr der Beiden, um ihnen nach
Amerika voranzueilen, denn Robert hatte den
festen Entschluß geäußert, daß er bei seinem
früheren Plan beharren und nie seinen Wohnsitz

so nahe bei seiner und seiner Geliebten Leidens=
stätte aufschlagen werde.

Sie fanden den Doctor Lindenschmitt und
dessen Braut Elise, Tante Billa, Mathilde Haus=
mann und Bauer um die Amerikanerin ver=
sammelt, und der Erstere stand da mit vor Freude
glühendem Gesicht, lebhaft gesticulirend und in
abgebrochenen Sätzen sprechend. „Nein, es geht
nicht, es ist zu viel: allzu straff gespannt, zer=
springt der Bogen, wir können das nicht anneh=
men, Sie beschämen mich und meine Rechtsweis=
heit,“ stammelte er, „ich bin wahrlich nicht an
dem Ausgange schuld; es war der Zufall und
Bauer, die das Alles gemacht haben. Den Jüng=
ling ziert Bescheidenheit! Sie will mir und
meiner Braut durchaus die zwanzigtausend Tha=
ler schenken, welche sie in dem Proceß wieder=
gewonnen hat,“ setzte er erklärend gegen Robert
hinzu. „Aber ich nehm’s nicht an, es geht nicht;
ich käme mir wie ein unverschämter Lump vor.
Der Mohr hat seine Arbeit gethan, der Mohr
kann gehen.“

„Wir sind Ihnen Alle für Ihre uneigen=
nützige Freundschaft, Ihren rastlosen Eifer und
Ihre Fürsorge so sehr verbunden,“ erwiderte
Eleonore, „daß keine materielle Anerkennung

unsererseits diese Schuld abtragen könnte. Ich
weiß ja auch, daß Sie Ihrem treuen Fleiße
nunmehr eine Existenz verdanken, welche Sie
über die gemeinen Sorgen des Lebens erhebt
und Sie in den Stand setzt, eine Familie an=
ständig zu ernähren. Weshalb wollen Sie mir
nicht die Freude gönnen, Ihnen aus meinem
Ueberfluß, aus dem unerwarteten Gewinn so
viel abgeben zu dürfen, daß Sie sich ein warmes
Nest bereiten können? Denn hier werden der
Herr Anwalt nun wohl nicht bleiben," setzte sie,
sich umschauend, hinzu; „unsere kleine Colonie
wird nächstens vollends gesprengt werden. Eine
neue Einrichtung kostet aber Geld, und jetzt
will ich keine Widerrede mehr hören. Ich habe
bereits die nöthigen Schritte gethan, die Summe
auf Ihren Namen überschreiben zu lassen."

„Sie sind ein Engel für uns Alle gewesen,"
sagte Lindenschmitt mit halb erstickter Stimme,
während er der Freundin kräftig die Hand schüt=
telte, „das Gold ist freilich nur Chimäre, und wo
euer Schatz ist, da ist auch euer Herz. Ja,
ja, ein edler Mann wird durch ein gutes Wort
der Frauen weit geführt, und wenn Sie's denn
nicht anders wollen — —"

Die Amerikanerin schloß Elise, die junge

erröthende Braut, welcher die Thränen in den
Augen standen, in ihre Arme und flüsterte ihr
leise zu: „Nimm Du's als Mitgift, mein Kind;
mir bleibt ja mehr wie genug, und über Jahr
und Tag, wenn — —" Das Uebrige wurde un=
hörbar; aber die Braut erröthete noch tiefer und
nickte in seligem, dankbarem Verständniß.

Auch der Schreiber Bauer war nicht leer
ausgegangen. Ihm verdankte man die eigentliche
Lösung des so lange unentwirrbar gewesenen
Räthsels, und Eleonore war ihm unendlich dank=
bar dafür, daß er dazu beigetragen hatte, das
Andenken ihres Vaters wieder zu reinigen, wel=
ches die Verleumdung Werner Bank's für eine
Zeit lang in den Augen der Welt, wenn auch
nicht in den ihrigen, getrübt hatte. Er konnte
sich eben so wenig wie Tante Billa, zu deren
Gunsten Hermine auf die Hinterlassenschaft des
Vaters verzichtete, entschließen, die Stätte zu
verlassen, auf der er seine Jünglings= und
Mannesjahre verlebt hatte. Er zog es vor, mit
der ihm von Eleonore ausgesetzten Jahresrente
sich in dem Bureau Lindenschmitt's für den Rest
seines Lebens als Schreiber beschäftigen zu lassen.
Eleonore folgte nun dem Drange ihrer Geschäfte
und vielleicht auch dem ihres Herzens — und

trat ihre Reise nach Amerika an, Robert und
Hermine sollten ihr binnen Kurzem folgen. Ma=
thilde Hausmann blieb bei der alten Tante Villa,
die mit dem ihr so plötzlich zugefallenen Ver=
mögen Segen stiften wollte, wozu sie jugend=
licher Hülfe bedurfte. Aber ehe die kleine Co=
lonie im obersten Stockwerk auseinander ging,
um nun auch in verschiedenen Wegen durch das
Leben weiter zu wandern, war die Kaisergasse
noch Zeuge eines großen Ereignisses, welches
die Nachbarschaft auf Wochen in große Auf=
regung versetzte. Es war die Doppelhochzeit
Feodor Lindenschmitt's mit Elise Hausmann,
und Robert Volkmann's mit Hermine Bank.
Es war eine einfache Haustrauung und eine
kleine Gesellschaft, denn die Räumlichkeiten ließen
die Einladung aller Notabilitäten der Kaisergasse
nicht zu; aber es ging darum nicht minder
fröhlich her. Bauer war einer der Gäste; der
brave Jude Salomon Herz und seine Tochter
Rebecca nahmen bei dem Christenmahle den
Ehrenplatz ein, denn sie hatten gelernt, unter
jedem Glauben den guten Menschen zu ehren
und zu lieben, weil sie selbst gute Menschen wa=
ren. Rebecca war still und in sich gekehrt bei
dem Festmahle, oft ruhte ihr Blick sinnend auf

dem glücklichen Mädchen an Robert's Seite;
aber in ihren Zügen lag ein Strahl verklärter
Entsagung und inniger Theilnahme, der vielleicht
nur von ihrem alten Vater verstanden wurde.
Man aß und trank nach altem Brauch mit
mehr oder minder Appetit. Aber zum Schluß
holte der Doctor die silberbeschlagene Golgatha=
schale, füllte sie mit dem edelsten Trank und brachte
den Spruch aus: „Mögen alle Guten, so wie
wir, die wir heute hier versammelt sind, durch
Kampf zum Frieden gelangen!" Dann trank er
sie aus bis auf die Nagelprobe. — — — —

Zwei Jahre waren verflossen, wieder ging
der Frühling durch's Land mit seinem Schnee=
glöckchen= und Veilchenduft, mit seinem Sonnen=
schein und Lerchenjubel, und heute fand er gar
Vieles, Vieles verändert. Er kannte noch das
Haus mit den vergitterten Fenstern, das mit
hohen Mauern umgeben, weit vor dem Thore lag,
er hatte früher manchen freundlichen Sonnen=
strahl hineingeschickt; er lugte auch heute durch
die Zwischenräume der Mauern in den großen
Hof. Da stand an der andern Seite im Flam=
menfeuer der Schmiede mit hochgehobenem Ham=
mer eine breitschulterige Gestalt und hieb auf

das glühende Eisen ein, das kaum röther als
sein Haupt= und Barthaar war, als ob er es
sammt dem Amboß zerschmettern wollte.

„Dich kenne ich," flüsterte der Frühling, „Du
bist der Schlimmste nicht hinter diesen Mauern;
Du armes Menschenkind hast der Liebe ent=
behrt, und Deine bösen Leidenschaften haben mit
der Zeit das Gute in Dir überwuchert. Du
bist wild und unlenksam, ein Paria der Gesell=
schaft; aber Du hast doch ein Herz und bist noch
werth, daß die Sonne Dich bescheint."

Der Rothe, dem in diesem Augenblick ein
heller Strahl über das Gesicht glitt, sah sich um
und hielt die Hand vor die Augen; es that ihm
offenbar wohl, und er hielt inne in der Arbeit,
um das seltene Ereigniß zu begrüßen.

Der Frühling lugte weiter in den Spinnsaal.
Da saß unter alten Bekannten eine neue Person,
die nicht sehr erfreulich anzuschauen war.

Die kleinen, stechenden Augen lagen tief in
ihren Höhlen; das Haar war spärlich und grau
geworden; die feinen Hände spannen mechanisch
den Faden beim Schnurren des Rades, das in
den Spinnstuben der Dörfer so heimlich klingt,
aber im Spinnsaale des Zuchthauses eine so tödt=
liche Einförmigkeit gewinnt. In dem stark durch=

furchten, pergamentfarbigen Gesicht lauerte noch
immer Tücke und Falschheit, und selbst sein Neben=
mann schien den Raum, der zwischen den Stühlen
erlaubt war, erweitert zu haben, um nicht mit
ihm in zu enge Berührung zu kommen.

„Dich kenn' ich auch,“ sagte der Frühling, „Dir
geschieht es recht, Du verdienst nicht, daß die
Sonne Dich bescheint. Du hast nie ein Herz
gehabt, das mich mit Deinen schlimmen Eigen=
schaften versöhnen könnte.“

Und er zog weiter zur Residenz, und überall
streute er Blumen aus am Bach und auf dem
Rain. Veilchen und Vergißmeinnicht und Ane=
monen, bis er das Straßenpflaster erreichte, auf
dem sein Segen verschwendet gewesen wäre; dann
aber küßte er die Knospen, welche in den Fenster=
simsen der hohen Häuser in Töpfen und Kästen sich
erschließen wollten, namentlich ganz hoch da oben,
wo die armen Leute wohnen, die keine Gärten haben.

„Was wohl die arme alte Traueresche treiben
mag?“ dachte der Frühling, „ob sie wohl todt
ist? Das letzte Mal hatte sie nur noch einen
kränklichen Keim.“ Er bog in die Seitengassen
ein und suchte das alte, morsche Gemäuer, um
durch eine Ritze seine Neugierde zu befriedigen.
Aber was war das? Die Mauer war abgerissen,

unb bie Sonnenstrahlen brangen ungehindert in
den Hof, ber jetzt zu einem Garten mit wohl=
gepflegten Gängen umgeschaffen war. Die alte
Esche war gefallen, unb bie morsche Bank stanb
auch nicht mehr ba, aber bafür verbreiteten
Frühlingsblumen ihre Düfte.

„Was mag wohl aus bem alten Geizhals ge=
worden sein?" sagte er, zu den hohen Fenstern
hinaufguckenb; aber ba sah er nur fröhliche
Kindergesichter unb an einem Fenster Tante
Billa's unb Mathilbe Hausmann's liebe Züge.
Tante Billa hatte bas alte, büstere Haus, bas so
lange bem Eigennutz unb bem Verbrechen dienen
mußte, zu einem Waisenhause umgeschaffen, sie
wibmete ihre letzten Tage ben armen Verlassenen,
welche Vater= unb Mutterliebe nicht kannten,
bis sie zu ihr kamen, bie ihnen beibes ersetzte.

„Gut, baß ich Dich sehe, Du liebe Alte,"
sagte ber Frühling, „ich bringe Dir tausenb,
tausenb Grüße." Er fächelte sie mit seinem lauen
Athem in einen wohlthuenben Halbschlummer.
„Ich komme von Amerika, wo meine Anwesen=
heit früher nothwenbig ist, als bei euch," flüsterte
er ihr in's Ohr, „ba fanb ich zwei junge Ehe=
paare, bie Du lieb hast. Das eine wohnt in
einem großen Hause mit kostbaren Möbeln unb

das zweite lebt nicht weit davon in einem von
Epheu umrankten Häuschen, und ist unendlich
glücklich. Die junge Frau heißt Hermine, und
wenn der Gatte Abends von seinen Wirthschafts=
geschäften heimkehrt, so geht ihm sein heißes
Lieb mit einem reizenden kleinen Mädchen auf
dem Arme entgegen, das sie Beide Sibylle oder
schlechtweg Billa nennen. Du weißt schon, wen
ich meine." Und Tante Billa erwachte und freute
sich über den schönen Traum.

Der Frühling zog weiter und fand vor dem
Thor eine reizende Villa, die von knospenden
Gärten umgeben und von Blüthenduft umweht
war. Das Fenster stand offen und der Früh=
ling lugte hinein. Da stand mitten im Zimmer
eine junge, hübsche Frau mit einem Säugling
auf dem Arm, und vor ihr ein kleiner Mann in
einem türkischen Schlafrock, der sich alle erdenk=
liche Mühe gab, die Aufmerksamkeit des jungen
Weltbürgers auf sich zu ziehen.

„Bei Gott ist kein Ding unmöglich!" rief
er endlich vergnügt. „Der Bursch' lacht wirklich,
das Alte stürzt, es ändert sich die Zeit, und neues
Leben blüht aus den Ruinen! Das muß ich
aber gleich seinem Pathen Robert schreiben.
Mistreß Eleonore Barclay, geborene Warnstein,

wird sich gedulden müssen, bis der Himmel unsere Ehe mit dem zweiten Sprößling segnet; das Spiel des Lebens sieht sich heiter an, wenn man den sichern Schatz im Busen trägt! —"·

Die junge Frau schloß ihm mit einem Kuß den Mund, und er umarmte sie lachend und schaute ihr tiefsinnig in die treuen blitzenden Augen.

„Ihr habt mich weiter nicht nöthig," sagte der Frühling leise, „Ihr habt Sonnenschein genug."

Und er zog weiter, um Anderen seinen Segen zu bringen, — ach, es warteten ja so Viele auf ihn, so viele Menschenherzen, die in seinem Sonnenglanze den Frieden nach hartem Kampf zu finden hofften! Und manches Herz jubelte ihm entgegen, und er zog hinein klingend und singend mit seinem Blüthenduft und Lerchenjubel:

Durch Kampf zum Frieden!

Ende.

Druck von G. Pätz in Naumburg a/S.

Im Verlage von **Hermann Costenoble** in Jena sind ferner folgende neue Werke erschienen:

**Guseck, Bernd von,** Der Graf von der Liegnitz. Historischer Roman. 3 Bde. 8. broch. 3 Thlr.

**Guseck, Bernd von,** Deutschlands Ehre. Historischer Roman. 3 Bde. 8. broch. 4 Thlr.

**Guseck, Bernd von,** Der erste Raub an Deutschland. Historischer Roman. 4 Bde. 8. broch. 5½ Thlr.

**Guseck, Bernd von,** Girandola. Novellen. Zweite Auflage. 4 Bde. 8. broch. 3 Thlr.

**Guseck, Bernd von,** Die Hand des Fremden. Historischer Roman. 2 Bde. 8. broch. 2¾ Thlr.

**Haan, Dr. Wilhelm,** Königl. Sächs. Superintendent und Pastor an der Stadtkirche St. Matthäi zu Leisnig. Das Gebet vermag viel! Stunden religiöser Erbauung für alle Lebensverhältnisse evangelischer Christen. Mit 1 Titelkupfer. gr. 8. broch. 1⅓ Thlr. Eleg. geb. mit vergold. Deckenverzierungen 1¾ Thlr.

**Hamm, Dr. Wilhelm,** Das Wesen und die Ziele der Landwirthschaft. Beiträge zur wissenschaftlichen und volkswirthschaftlichen Begründung und Entwickelung der Bodenproduction. gr. 8. broch. 2 Thlr.

**Höder, Gustav,** Sein und Nichtsein. Erzählung. 8. broch. 1 Thlr.

**Humboldt's, Alexander von,** Briefwechsel mit Heinrich Berghaus aus den Jahren 1852 bis 1858. **Zweite wohlfeile Jubel-Ausgabe.** 3 starke Bde. gr. 8. broch. 2 Thlr. 15 Sgr.

**Jenssen=Tusch,** G. F. **von,** Die Verschwörung gegen die Königin Caroline Mathilde und die Grafen Struensee und Brandt. Nach ungedruckten Quellen und in selbstständiger deutscher Bearbeitung nach L. J. Flamand. gr. 8. broch. 2½ Thlr.

**Wichtig in Bezug auf Schleswig=Holstein.**

**Klencke,** Dr. H., Swammerdam oder die Offenbarung der Natur. Ein culturhistorischer Roman. 3 Bde. 2. Aufl. 8. broch. 3 Thlr.

**Körner, Friedrich,** Director an der höhern Handels=akademie in Pesth. Die Erziehung der Knaben in Haus und Schule. Ein Handbuch für Eltern und Erzieher. (Das Buch der Erziehung in Haus und Schule. Zweite Abtheilung.) 8. broch. 27 Sgr.

**Körner, Friedrich,** Director an der höhern Handels=akademie in Pesth. Die Bedeutung der Real=schulen für das moderne Culturleben. Für Lehrer, Schulvorstände und Freunde der Volksbildung. Zugleich eine Entgegnung auf Dr. Heiland's Schrift: „Zur Frage über die Reform der Gymnasien." gr. 8. broch. 16 Sgr.

**Körner, Friedrich,** Director an der höhern Handels=akademie in Pesth. Der Volksschullehrer. Pädagogik der Volksschule. Praktisches Lehrbuch für Erziehung und Unterricht. Zum Handgebrauch für Geistliche, Stadt= und Landschullehrer, Hauslehrer und Seminaristen. Zweite sehr vermehrte und verbesserte Auflage. 8. broch. 27 Sgr.

**Körner, Friedrich,** Director an der höhern Handels=akademie in Pesth. Die Weltgeschichte in Lebensbildern und Charakterschilderun=

gen der Völker, mit besonderer Beziehung auf Cultur und Sitten. Ein Handbuch für Lehrer, erwachsene Schüler und Freunde geschichtlicher Bildung. 3 Bde. 8. 2. Aufl. broch. 2⅔ Thlr.

**Körner, Friedrich,** Director an der höhern Handelsakademie in Pesth. Geschichte der Pädagogik von den ältesten Zeiten bis zur Gegenwart. Ein Handbuch für Geistliche und Lehrer. 2. Aufl. gr. 8. broch. 1⅓ Thlr.

**Lippard, Georg,** Die Quäkerstadt und ihre Geheimnisse. Amerikanische Nachtseiten. Fünfte Auflage. 4 Bde. 8. broch. 2 Thlr.

**Lugomirska, Marianne,** Thaddeus Kosciuszko. Historischer Roman. 4 Bde. 8. broch. 4¾ Thlr.

**Möllhausen, Balduin,** Das Mormonenmädchen. Erzählung aus den Zeiten des Kriegszuges der Vereinigten Staaten gegen die „Heiligen der letzten Tage" in den Jahren 1857 bis 1858. **Wohlfeile Volksausgabe.** Classikerformat. 6 Bde. broch. 2½ Thlr.

**Möllhausen, Balduin,** Der Halbindianer. Erzählung aus dem westlichen Nord-Amerika. 4 Bde. 8. broch. 5 Thlr. 22½ Sgr.

**Möllhausen, Balduin,** Der Mayordomo. Erzählung aus dem südlichen Kalifornien und Neu-Mexico. Im Anschluß an den „Halbindianer" und „Flüchtling". 4 Bde. 8. broch. 5 Thlr.

**Möllhausen, Balduin,** Der Flüchtling. Erzählung aus Neu-Mexico und dem angrenzenden Indianer-Gebiet. Im Anschluß an den „Halbindianer". 4 Bde. 8. broch. 5¾ Thlr.

**Möllhausen, Balduin,** Palmblätter und Schnee=
flocken. Erzählungen aus dem fernen Westen.
2 Bde. 8. broch. 2½ Thlr..

**Mühlbach, Louise,** Der große Kurfürst und
seine Zeit. (Erste Abtheilung: Der junge
Kurfürst.) Historischer Roman. 3 Bde. 8. broch.
5 Thlr.

**Mühlbach, Louise,** Der große Kurfürst und
seine Zeit. (Zweite Abtheilung: Der große
Kurfürst und sein Volk.) Historischer Roman.
4 Bde. 8. broch. 5 Thlr.

**Mühlbach, Louise,** Der große Kurfürst und
seine Zeit. (Dritte Abtheilung: Der große
Kurfürst und seine Kinder.) Historischer
Roman. 4 Bde. 8. broch. 5 Thlr.

**Mühlbach, Louise,** Graf von Benjofsky. Hi=
storischer Roman. 4 Bde. 8. broch. 5 Thlr.

**Mühlfeld, Julius,** Für's Vaterland. Geschicht=
licher Roman. 2 Bde. 8. broch. 2½ Thlr.

**Neumann, H.,** Jürgen Wullenweber, der kühne
Demagoge. Gedicht. 8. broch. 25 Sgr.

**Perels, Emil,** Handbuch zur Anlage und Con=
struction landwirthschaftlicher Maschi=
nen und Geräthe, für Maschinenfabrikanten,
Constructeure, für Studirende der Technik, polytech=
nische Schulen, zu Vorträgen und für gebildete Land=
wirthe. **Zwei starke Bände.** Mit 97 lith.
Tafeln in gr. Folio nebst alphabetischem Sachre=
gister. Lex.=8. Eleg. broch. 12 Thlr.

**Ekell, Karl August Christian,** Großherzoglicher Hofgärtner zu Dornburg. Goethe in Dornburg. Gesehenes, Gehörtes und Erlebtes. 8. broch. 6 Sgr.

**Stahl, Arthur,** Ein weiblicher Arzt. Ein Roman. Zweite Auflage. 2 Bde. 8. broch. 2 Thlr.

**Stahl, Arthur,** Ein Prinz von Gottes Gnaden. 8. broch. 1¼ Thlr.

**Sternberg, A. von,** Elisabeth Charlotte, Herzogin von Orleans. Ein biographischer Roman. 3 Bde. 8. broch. 4 Thlr. 27 Sgr.

**Sternberg, A. von,** Peter Paul Rubens. Biographischer Roman. 8. broch. 1¼ Thlr.

**Sternberg, A. von,** Künstlerbilder. 3 Bde. 8. broch. 3½ Thlr.

**Sternberg, A. von,** Kleine Romane und Erzählungen. 8. 3 Bde. broch. 3½ Thlr.

**Wallfahrt durch's Leben** vom Baseler Frieden bis zur Gegenwart. Von einem Sechsundsechziger. 9 Bde. 8. broch. 10½ Thlr.

**Wickede, Jul. von,** Ein Husarenofficier Friedrich's des Großen. Nach den eigenhändigen Aufzeichnungen Hans Leberecht von Bredow's. 3 Bde. 8. broch. 4½ Thlr.

**Wickede, Julius von,** Ein deutscher Landsknecht der neuesten Zeit. Aus dem Leben eines Verstorbenen, nach dessen hinterlassenen Papieren bearbeitet. **Wohlfeile Volksausgabe.** Classikerformat. 3 Bde. broch. 2 Thlr.

**Wickede, Julius von,** Der lange Isaac. Historischer Roman aus der Zeit des deutschen Befreiungskrieges. 3 Bde. 8. broch. 4½ Thlr.

**Wickede, Jul. von,** Herzog Wallenstein in Mecklenburg. Historischer Roman aus der Zeit des dreißigjährigen Krieges. 4 Bde. 8. broch. 4½ Thlr.

**Willkomm, Ernst,** Gesellen des Satan. Roman in zwölf Büchern. Erste Abtheilung 3 starke Bde. 8. broch. 3 Thlr. Zweite Abtheilung 3 starke Bde. 8. broch. 3 Thlr.

Im Verlage von **Hermann Coſtenoble** in Jena
erſchienen ferner folgende neue Werke:

**Gerſtäcker, Friedrich,** Im Buſch. Auſtraliſche Er=
zählung. **Wohlfeile Volksausgabe.** Claſſi=
ferformat. 3 Bde. broch. 1 Thlr. 12 Sgr.

**Gerſtäcker, Friedrich,** Der Wilderer. Ein Drama
in 5 Aufzügen. Miniat.=Ausg. broch. 27 Sgr.

**Gerſtäcker, Friedrich,** Die Regulatoren in Ar=
kanſas. Aus dem Waldleben Amerikas. Erſte
Abtheilung. 3 Bde. 4. Aufl. 2. Stereotyp=Ausg.
8. broch. 1⅔ Thlr.

**Gerſtäcker, Friedrich,** Die Flußpiraten des
Miſſiſſippi. Aus dem Waldleben Amerikas.
Zweite Abtheilung. 3 Bde. 4. Aufl. 2. Stereotyp=
Ausg. 8. broch. 1⅔ Thlr.

**Gerſtäcker, Friedrich,** General Franco. Le=
bensbild aus Ecuador. (Zwei Republiken.
Erſte Abtheilung.) 3 Bde. 8. broch. 4 Thlr.

**Gerſtäcker, Friedrich,** Sennor Aguila. Perua=
niſches Lebensbild. (Zwei Republiken. Zweite
Abtheilung.) 3 Bde. 8. broch. 4½ Thlr.

**Gerſtäcker, Friedrich,** Die Colonie. Braſilia=
niſches Lebensbild. 3 Bde. 8. broch. 3 Thlr. 27 Sgr.

**Gerſtäcker, Friedrich,** Der Kunſtreiter. Eine
Erzählung. 3 Bde. 8. broch. 3 Thlr. 15 Sgr.

**Gerſtäcker, Friedrich,** Die beiden Sträflinge.
Auſtraliſcher Roman. Zweite, durchgeſehene Auf=
lage. **Wohlfeile Volksausgabe.** 8. 3 Bde.
broch. 2½ Thlr.

**Gerſtäcker, Friedrich,** Eine Mutter. Roman.
**Zweite Ausgabe.** 3 Bde. 8. broch. 4½ Thlr.

**Gerstäcker, Friedrich,** Unter dem Aequator. Javanisches Sittenbild. 3 Bde. 8. broch. 4 1/4 Thlr.

**Gerstäcker, Friedrich,** Achtzehn Monate in Süd=Amerika und dessen deutschen Colonien. 6 Thle. in 3 Bänden. 8. broch. 5 1/3 Thlr.

**Gerstäcker, Friedrich,** Nach Amerika! Ein Volksbuch. Illustrirt von Th. Hosemann und Karl Reinhardt. 6 Bde. 8. broch. 6 Thlr. 12 Sgr.

**Gerstäcker, Friedrich,** Das alte Haus. Erzählung. 8. broch. 1 1/2 Thlr.

**Gerstäcker, Friedrich,** Der kleine Walfischfänger. Erzählung für die Jugend. Mit einem Titelkupfer. 8. 2. Aufl. In Buntdruck=Umschlag gebunden. 1 1/3 Thlr.

**Gerstäcker, Friedrich,** Der kleine Goldgräber in Californien. Eine Erzählung für die Jugend. Mit 6 color. Bildern. 8. In Buntdruck=Umschlag geb. 1 2/3 Thlr.

**Gerstäcker, Friedrich,** Gold! Ein Californisches Lebensbild aus dem Jahre 1849. 3 Bde. 8. broch. 4 Thlr.

**Gerstäcker, Friedrich,** Wie der Christbaum entstand. Zweite Auflage des ersten Christbaums. Ein Märchen mit 6 color. Bildern. 8. In Buntdruck=Umschlag gebunden 1 Thlr.

**Gotthard, W. G.,** Weimarische Theaterbilder aus Goethe's Zeit. Ueberliefertes und Selbsterlebtes. 2 Bde. 8. broch. 2 1/4 Thlr.

———————